KB044294

꽈배기의 맛

꽈배기의 맛

최민석 지음

넥스톤

나름의 땀
— 서문을 대신하여

이 책은 2012년에 발간한 에세이《청춘, 방황, 좌절, 그리고 눈물의 대서사시》의 개정판이다. 당시 피치 못할 사정으로 출판한 지 두 달 만에 절판이 되어, 이 책은 태생 후 얼마 되지 않아 사장되는 불운을 겪었다. 서점에 불과 몇 달 있지 않아 판매는 제대로 되지 않았지만, 몇몇 독자들은 이 책을 굉장히 사랑해주었다. 개인적으로도 '가장 아쉬운 책'으로 여길 만큼 이 원고에 대한 애정이 상당했다. 하여 5년이 지난 현재 이렇게 다시 개정판을 내게 되었다.

출판 당시 제목이 너무 길어 애독자도 헷갈릴 정도였으니,

이번에 개정판을 내며 원고를 수정하는 차에 짧은 제목을 새로 붙였다. 부디, 다른 책인 줄 알고 다시 사는 혼동을 겪지 않았기를(알면서도 산다면 대환영).

몇 가지 밝혀둬야 할 게 있다.

첫째, 나는 에세이를 쓰기 위해 소설가가 되었다. 지금은 쓰다 보니, 소설 집필에도 매력을 느꼈지만, 애초에는 100% 에세이를 내려는 목적으로 소설가가 되었다. 대개 독자들이 '아, 소설가는 소설을 전념해서 쓰고, 에세이는 대충 엮어서 내는 거 아니야?' 라고 생각할지 모르겠지만, 이 책에는 내 나름의 땀과 노력이 깃들어 있다. 나는 5년 전에 이 책을 내고, '이제 소설가가 된 진짜 목적을 실현했다'며 기뻐했다. 당연한 말이지만, 이 책을 무척 사랑했다. 따라서 기왕이면 '소설가이지만, 에세이에도 싱딩한 애정을 품고 쓰는군' 하는 자세로 읽어주면 고맙겠다.

둘째, 이 글은 청탁을 받지 않고 스스로 2년간 묵묵히 쓴 글이다. 소설가가 막 된 2010년 당시에 내게 에세이를 청탁하는 사람은 단 한 명도 없었다. 하여, 나는 '까짓것 한 번 해보지, 뭐' 하는 마음으로 혼자서 2010년부터 2012년 초까지 내

홈페이지에 에세이를 매주 한 편씩 써서 올렸다. 스스로 마감도 매주 금요일 6시로 정하고, 엄격히 지켜서 올렸다. 처음에는 아무도 읽지 않는 글이었으나, 시간이 지날수록 차츰 독자도 늘어나고, 응원해주는 사람도 생겨 힘내서 썼다. 그때, 내가 받은 최고의 보상은 '내게 글 쓸 시간이 무한정 있다'는 단순한 조건과 '원하는 글을 마음껏 쓸 수 있다'는 사실 자체였다. 지금도 그 생각은 크게 바뀌지 않았다. 여전히 딱히 바라는 것은 없다. 그저, 여러분이 이 책을 읽는 동안만이라도 즐겁길 바랄 뿐이다.

셋째, 나름대로 이것저것 열심히 고쳤다. 시간의 힘을 견디지 못한 원고는 과감히 삭제해버렸고, 독자의 감정 흐름을 고려하여 에피소드들의 순서도 바꾸었다. 문장도 읽기 좋도록 이래저래 고쳤다. 당연한 말이지만, 누군가에게 실례가 될 법한 부분도 나름대로 고치려 애썼다. 그럼에도 불구하고, 읽기 어렵거나 불편하다면 미리 사과를 드린다.

자, 이제 책을 읽을 시간이다. 허리를 푹 파묻을 느슨한 의자에 앉아, '음. 이런 에세이도 있군' 하는 느긋한 마음으로 쓱쓱 넘기듯 읽어주길 바란다. 그럼, 즐겁게 독서하시길.

차례

소설가
찾아내기

시력이 아주 나쁜 사람에게도 몹시 간단한 일이 있다.

하나는 파란 색종이 더미에서 빨간 색종이를 찾아내는 일이고, 다른 하나는 뒤죽박죽 섞여버린 예술가들의 프로필 사진 속에서 소설가의 사진을 찾아내는 일이다. 모두 옆으로만 찍기 때문이다. 나는 작가가 되기 전에 어째서 한국의 소설가나 시인은 옆으로만 찍을까 몹시 궁금했다. 정면을 보고 있다가 플래시가 터지는 순간 잽싸게 고개를 돌리기로 담합했을까, 아니면 등단할 때 선배로부터 한쪽 구석으로 끌려가 '수상 축하하네. 앞으로는 반드시 옆모습으로만 사진을 찍게' 유의 충고를 듣는 것일까, 하고 말이다.

그러므로 등단을 한 날, 시상식 뒤풀이에서 한 선배에게 "어째서 사진을 옆으로만 찍는 겁니까!" 하고 물었다가, 도통 이해할 수 없다는 얼굴의 표정만 마주했다. 물론 수상의 기쁨이나 앞으로의 포부도 컸지만, 그보다 더 큰 것은 '도대체 왜 한국 작가들은 옆모습으로 사진을 찍느냐'는 의문이었다. 이것이 한국 작가의 정체성을 규정하는 일종의 프로토콜이라도 되는 것일까. 그 후로도 가끔씩 선배들에게 물어보았지만, 돌아오는 대답은 "그. 글쎄. 아마 누군가의 얼굴 정면에 큰 점이 있었던 게 아닐까" 혹은, "플래시가 눈이 부셔서 말이지" 유의 헛기침 섞인 말뿐이었다. 어느 누구도 한국문단을 규정짓는 이 거대한 경향의 원인을 모른 채, 책을 낼 때면 "어이쿠. 나도 어서 왼쪽 얼굴의 턱살을 빼야겠어"라고 다짐하게 되는 것이다.

누구도 속 시원한 대답을 해주지 않는 이 상황에서, 독자적으로 작금의 현상이 빚어진 이유에 대해 가설을 세워보았다.

1) 최초로 옆모습을 찍은 작가는 사시였다.
2) 두 번째로 옆모습을 찍은 작가는 한쪽의 탈모가 몹시 심했다.

3) 세 번째로 옆모습을 찍은 작가는 첫 번째와 두 번째 작
　　가의 후배로, 옆으로 찍으라는 강요를 받았다.
4) 세 작가의 옆모습을 연달아 찍은 사진가는 '음, 작가들
　　은 모조리 옆으로 사진을 찍는군' 하고 결론짓고, 그 후
　　찍을 때마다 작가들에게도 옆으로 틀기를 종용한다.
5) 영문을 모르는 신인이 데뷔한 후 감격에 취해 있다가, 어
　　느 날 프로필을 찍을 때 문득 고민하게 된다. '감히 내가
　　카메라를 똑바로 바라봐도 될까.' 자연스레 그는 고개를
　　돌리고 만다.

　　옆모습 사진은 1980년대부터 시작됐으니, 결국 이런 식으
로 30년이 흘러버린 것이다.

　　그래서인지, 어쩌다 보니인지, 나의 첫 프로필 사진도 옆모
습이었다. 그래서 어느 날 나 같은 후배가 "어째서 옆모습입니
까!"라고 대뜸 물으면, 나 역시 "그. 글쎄. 그건 작가의 운명이
아니었을까. 셔터가 눌러지면 자기도 모르게 고개가 돌아가
버리고 마는…" 따위의 대답밖에 할 수 없을 것 같다.

　　이와 상관없이, 그저 하고픈 이야기로 마무리하겠다.
　　에도시대의 일본 무사들은 '존막게'라는 독특한 헤어스타

일을 고수했다. NHK 대하 사극에서 볼 수 있는, 앞머리는 전혀 없고 곱게 모은 뒷머리를 앞으로 당겨 붙인 것 말이다. 공식적인 이유는 사무라이들이 투구를 많이 쓰면 덥기 때문이라는데, 나는 아무래도 최초의 막부 장군이 탈모가 심하지 않았을까 하고 생각한다. 그가 머리를 왼쪽으로도, 오른쪽으로도 빗어보다가 결국 짜증이 나서 왕창 밀어버리고 뒷머리를 잔뜩 풀 먹여 앞으로 붙인 뒤, 홧김에 밑의 장수들에게 자신을 모두 따라 하라고 강요한 것이다, 라고 말이다. 물론 신빙성은 전혀 없다. 그렇지만 볼 때마다 그렇게 생각한다.

원초적 냄새 속에서
피어나는 문학적 진보

신인작가에게 필요한 것은 오랜 무명시절을 버텨낼 여윳돈과, 돈을 빌려줄 친구와, 밥을 사줄 선배와, 동시에 그러면서도 계속 만나줄 후배가 필요하지만…, 무엇보다 가장 필요한 것은 아무래도 '뻔뻔함'이 아닌가 싶다.

나는 십여 년 전 대학생 시절에 멋모르고 시집을 한 권 냈다. 그런데, 그때 맑고 영롱했던 문학청년의 순수한 열정이 비참하게 유린당한 경험을 했다. 시집을 내고 한참 후에 고모 집에 (문학적) 방문을 해, (문학적) 대화를 나누고, (가난한 문인답게) 라면을 대접받았는데, 그만 냄비받침(!)으로 쓰이는 내 시집을 발견한 것이다. 당시 내 시집은 어떠한 장식 없이 그저 하얀 표지에 제목만 인쇄된 두 세기쯤 앞선 디자인이어서, 표지에는 누런 냄비자국이 적나라하게 남겨져 있었다. 내 청춘의 자식들(그러니까 내 시집)은 자신의 상처를 온몸에 드러냄으로써, 한두 번도 아닌 오랜 기간에 걸쳐 상습적으로 고초를 겪어왔다는 걸 웅변하고 있었다.

나는 그만 '재수 없게 생겼다며 집단 구타를 당하고 돌아온 자식을 바라보는 부모 심정'이 되었다. 역시 21세기에 문학을 한다는 것은 실생활의 유용성과 한참 동떨어진 행위였던 것이다. 하나 그것이 내게는 일종의 깨달음을 주었다. 어차피 이 시대에 문학을 한다는 것은 마음을 비워내지 않고서는 불가능하다는 일종의 현실적 자각을 하게 된 것이다.

서슬 퍼런 자각을 한 후, 사느라 바쁘고, 또 재능도 없었기에 한탄만 하며 십여 년간 글을 전혀 쓰지 않고 지냈다. 그러는 동안 어느샌가 '만약 또 글을 쓰게 되면 다음에는 내 책이 변을 닦는 휴지 대용으로만 쓰이지 않으면 괜찮다'라는 초라한 다짐을 하기에 이르렀다. 그러나 나는 최근에 이것이 얼마나 아슬아슬한 다짐이었는지 깨닫게 되었다.

어찌어찌하여 두 번째 책(《너의 눈에서 희망을 본다》)을 썼고, 친구 집에 (문학적) 방문을 했을 때였다. 역시 (문학적) 대화를 나누고, 잠시 (문학적 구상을 위해) 화장실 문을 열었을 때, 나는 그만 경악하고 말았다.

또 한 번 이 땅의 문학적 현실을 목격하고 만 것이다.

20억 지구촌 아이들의 가녀린 땀과 처절한 눈물로 써진 내 책《너의 눈에서 희망을 본다》가 변기 옆 난방기 틈에 〈일요신문〉과 함께 힘겹게 몸을 구긴 채 버려가는 것을 보고 만 것이다. 그 심정은 뭐랄까. 아이들의 희망이 변기 옆에서 겨우 꿈틀거리는 느낌이랄까. 혹은 책 제목을《악취 속에도 희망은 핀다》로 바꿔야 할 느낌이랄까. 처절했다. 이번에도 나는 또 한 번 '말투마저 재수 없다며 아이들에게 김밥 말이를 당하고 돌아온 자식을 바라보는 부모 심정'이 되었다. 변기 옆 라디에이터에서 내 새끼를 구출했지만, 아기는 좀처럼 허리를 펴지 못했다. 내 새끼는 그간 얼마나 오랫동안 냄새나고 좁은 화장실에 구겨진 채 박해받아 왔는지 온몸으로 증명해보였다. 가슴 한곳이 시려왔다.

하지만, 나는 그때 새삼 편집자의 지혜에 감탄하고야 말았다. 화장실의 휴지 대용으로 쓸 수 없게끔, 일부러 빳빳한 종이를 택한 것이다. 다행히 화장지가 벽에 걸려 있어 안도하긴 했지만, 나는 지난번의 결심이 전혀 터무니없는 것이 아니라는 자각을 했다. 자칫하면 휴지로 쓰일 수 있는 것이다. 그렇기에 이번에도 엄중한 현실적 깨달음을 얻었다. 신인작가의 책은 재생지로 만들 경우, 독자의 손보다는 엉덩이 쪽에서 애용될 가능성이 있다(이것이 어떠한 의미인지는 모두 잘 알 것이라 짐작한다).

어쨌거나, 이번 일을 통하여 다시 한 번 신인작가에게 가장 필요한 덕목은 뻔뻔함이라는 것을 절감했다. 피를 뽑는 작가의 고통과 눈물의 결과물이 때로는 냄비받침으로 쓰이고, 때로는 화장실 변기 옆에 아슬아슬하게 보존(?)되는 것이 바로 이 땅의 문학적 현실이다.

그러므로 열심히 쓰는 것 이상으로, 더 열심히 뻔뻔해질 필요가 있다.

아, 그나저나 이번에는 적어도 읽히고는 있으므로, 한 걸음 진보를 이뤘다고 자평할 수 있다.

문학은 진전한다. 그곳이 비록 원초적 냄새가 진동하는 곳일지라도.

결혼정보회사와
30대 백수

회사를 그만두고 전업 작가 생활을 하며 내게 일어난 변화가 있다. 그것은 바로 특정 업계의 마케팅 전화가 끊어졌다는 것이다. 솔직히 말해, 원고에 온 신경을 집중하고 있는데 광고 전화가 오면 집중력이 흐트러진다. 하지만, 전화를 건 쪽 역시 생계를 위해 한 것이다. 그렇기에 내게 회원 가입을 적극적으로 유도하기 전까지는 듣는 편이다. 물론, 내 사정이 급할 때는 '바쁘다'거나 '회의가 있다'는 식으로 상대가 이해할 수 있는 수준으로 둘러댄다. (핑계일 뿐, 거짓말은 아니다. 나는 말 그대로 글을 쓰느라 '바쁘고', 내 마음속에는 항상 내 원고에 대한 '회의가 있다'.) 대부분의 광고 통화는 이렇게 끝이 난다.

그런데 결혼정보회사만은 좀 독특했다. 처음에는 '아직 결혼 생각이 없다'고 말하면 전화를 끊을 줄 알았는데, 끈질기게 "혹시 독신주의냐," "만나는 사람이 있느냐", "이별의 상심으로 괴로워하고 있냐"며 대화의 끈을 놓지 않았다. 나는 상대의 노력에 감탄하며 얼떨결에 독신은 아니고, 만나는 사람도 없고, 이별의 상심은 잊은 지 오래라고 대답하곤 했다. 그러면 전화해준 실장님(대부분, 30대 중반의 교양 있는 분)은 가입하지 않아도 좋으니, 편한 대화 상대라 생각하고 결혼이나 고민에 대해 잠시 이야기나 해보자며 대화를 노련하게 이끌었다. 나는 그 상황이 기이하고 재미있기도 해서 실장님들과 다양한 주제를 논했다. 가령, '이제, 한국은 부부가 맞벌이하지 않으면 생존 불가능한 사회인가' 혹은 '결혼을 늦게 하면, 자기 라이프스타일이 너무 뚜렷해진 나머지, 충돌이 잦아지는가' 등의 주제는 물론, 어쩌다 보니 국제유가와 금값에 관해 토론하기도 했다. 그런데도, 이들은 대부분 친절하고 성의 있게 대화에 응해주었기에, 내 결혼에 대해 가슴 밑바닥에서부터 고민하고 있다는 인상을 줬다. 그래선지 엉겁결에 "나도 알고 보면 외로운 남자"라며 고백하고, 때론 그 친절한 매력에 이끌려 "저… 제 결혼을 걱정해주시는 실장님은 지금 어떠신지…?"라고 물어보기도 했다. 그러면 아쉽게도 기혼이라 답해,

나는 짧은 탄식을 토하기도 했다. 역시 친절하고 배려심 많은 사람에겐 민첩한 녀석들이 잽싸게 달라붙었구나, 하며 나의 무딤을 자책했다.

그런데 어찌 된 영문인지 올해 초에 가끔 통화하던 실장님들에게 "실은 제가 최근에 퇴직을 해 백수가 되었어요"라고 고백하자 전화가 뚝 끊겨버렸다. 그 많던 실장님들은 다 어디로 간 걸까. 도대체 나의 결혼을 절절하게 고민해주던 그 실장님들에게 무슨 일이 생긴 것일까. 과연 모두 잘 지내고 있을까. 나는 요즘도 가끔 그 실장님들이 걱정돼, 글을 쓰다 말고 허공을 보곤 한다.

돈으로
살 수 없는 것들

가급적이면 돈으로 살 수 없는 것을 즐기려 하는 편이다. 물론 현재의 내 처지가 지질하기 때문이기도 하지만, 변명을 하자면 돈으로 살 수 없는 것이야말로 진정한 가치가 있기 때문이다. 가령, 4월의 햇살이나, 과묵한 커피집 주인이 콩을 볶는 향기 같은 것 말이다. 말이 나온 김에 오늘 나는 커피 향에 대해 쓰고자 한다(이 글들의 주제는 항상 이런 식으로 정해진다).

우리는 커피를 지역과 가게의 특성에 따라 대략 4천 원부터 7천 원에 이르는 비용을 지불하고 즐길 수 있다. 개중에는 2천 원 하는 커피도 있고 코피루왁처럼 백만 원을 호가하는 커피도 있다. 핵심은 이 모든 커피에는 판매자가 책정한 가치가 매겨져 있고, 그 가치가 바로 가격이라는 것이다. 하지만 돌이켜 보면 내가 커피를 진짜 사랑하게 된 이유는 바로 커피 향 때문이었다. (당연한 말인지는 모르겠지만) 커피 향에는 가격이 책정돼 있지 않다. 세속적인 기준에서 보자면, 커피 향은 공짜다.

커피 향은 그 종류가 다양한데, 명백히 달콤한 카라멜 라떼 향, 달콤하면서도 매콤한 시나몬 커피 향, 그리고 17세기 남미에 흠뻑 젖어들게 만드는 드립커피 향(이것이 무엇인지 물어보면 곤란하다. 문맥상 이 정도의 '문학적 후까시'가 들어가야 한다는 것이 나의 지론이다) 등 그 종류는 38,789가지에 달한다(아직도 이 글을 읽으면서 통계적 자료의 근거가 밝혀지길 바라는 독자가 없길 바란다. 이 글은 '비과학적 SF 호언장담 허풍형 에세이'다).

여러 커피 향이 근사하지만, 그중에서도 백미라 할 수 있는 것이 바로 커피원두를 볶는 향이다. 4월의 햇살이 쏟아지는 아침에 창과 문을 활짝 연 채, 과묵한 커피집 주인이 원두를 볶는 모습은 그 자체만으로도 감격이다. 처음엔 가게 안의 창문은 반쯤만 열려 있고, 그 열린 창틈 사이로 햇빛이 쏟아진다. 로스터기는 코끝을 자극하는 묵직하고 남성적인 향을 꾸준히 풍겨낸다. 로스터기에서 뿜어져나온 연기가 창틈으로 쏙쏙 빠져나가면, 햇빛은 그 행렬을 고스란히 비추며 하나의 아름다운 빛줄기를 만들어낸다.

가게 안에는 당연하다는 듯이 재즈가 흘러나오고 있고, 가게 곳곳에 커피 향과 재즈음이 배어 있다. 로스팅에 열중해 있던 주인은 좁은 가게가 오로지 재즈와 커피 향과 콩이 타는 연기만으로 가득 차 있다는 사실을 깨닫고, 그제야 문을 활짝 연다. 그러면 산들바람이 불어와 가게 안에만 고여 있던 커피 향을 거리로 밀어낸다. 콩 볶는 연기와 냄새는 산골마을의 밥 향기처럼 퍼져가고, 가게 안에선 맑은 공기와 커피 향이 잘 배합돼 한껏 산뜻한 기분을 선사한다. 그 와중에도 로스터기는 대하소설을 집필하는 작가처럼 꾸준히 향과 연기를 피어낸다.

여러 번 생각해도 이 아름다운 향기의 가치가 얼마인지 알 수 없다.

4월의 햇살과 과묵한 주인이 볶는 원두 향, 그리고 오랫동안 간직해오다 겨우 꺼낸 한마디와 그 속에 담긴 무수한 감정들.

공짜로도 기분 좋아질 것이 많아서 다행이다.

가을과
오므라이스

간혹 견딜 수 없이 오므라이스가 먹고 싶어진다. 어느 정도 냐면 가히 신체기관 어딘가가 잘못돼 나타나는 병리적 현상이라 할 정도다. '오므라이스, 오므라이스'라고 혼자서 중얼거리며 거리를 헤매거나, 노란 옷을 입은 사람을 보면 계란 지단인 양 착각하고 쫓아가게 된다.

어째서 이런 증상에 시달려야 하는지 모르겠지만, 가을에 좀 더 심각해진다. 특히 광화문의 서점에서 인간의 고독에 관한 소설이나, 가을의 쓸쓸한 사랑을 노래하는 시집을 사고 나오는 길이면, 더욱 그렇다. 열차 칸 차창 뒤로 얼굴을 붉히며 도망가는 단풍을 보거나, 짙은 커피색을 품은 고혹적인 가구를 보면 마치 파블로프의 개처럼 침을 흘리며 오므라이스가 떠오른다. 그러나 강남에 가면 오므라이스를 먹고 싶은 기분이 전혀 들지 않는다. 어째서 이런 일이 생기는 것일까. 나는 고민하다 다음과 같은 결론을 내렸다.

1) 오므라이스는 인간의 고독을 해결해주는 요리이다.
2) 인간의 고독을 해결하기 위해서는 특정한 장소가 있기 마련이다.
3) 그러므로 특정 장소에 가면 오므라이스가 더욱 생각나는 것이다.

이 허술한 삼단논법이 뭐냐고 할지 모르겠지만, 이쯤에서 과연 살면서 진정으로 허술한 행동을 해본 적이 없는 자는 내게 돌을 던지기 바란다. 다시 광화문의 서점 앞으로 되돌아가자면, 코트 깃을 세우고 쓸쓸한 시집과 고독한 소설을 흙빛 종이봉투에 담아 나오면 어쩐지 길가에 뒹구는 낙엽도 더 애잔해 보인다. 쌀쌀한 바람마저 불어오면 가슴이 허해지다 못해, 속까지 허해진다. 그러면 차가워진 가슴을 따뜻하게 데워줄 음식이 연상되는데, 세상살이가 쓴 마당에 굳이 쓴 음식을 먹고 싶지는 않다. 이런 연상작용을 거쳐 따뜻하고 달콤한 오

므라이스를 먹기 마련인데, 스푼으로 곱게 정돈된 계란 지단을 살짝 갈랐을 때 베어져 나오는 뜨거운 김을 보면 그만 감격해버리고 만다. '이 쓸쓸한 계절에 당신을 품어줄게요'라는 식으로 온기를 모락모락 피워내는 오므라이스는 그 광경만으로도 따뜻하다. 게다가 오므라이스는 언제나 기품 있는 두께의 흰 접시에 정갈하게 앉아 있다. 소설로 치자면 군더더기가 전혀 없는 단편소설 같다. 당근과 양파, 감자를 한 치의 오차도 없이 균일하게 썰어놓은 것을 보면 영혼의 땀을 흘리며 단어를 엄선한 작가의 혼 같은 게 느껴질 지경이다. 얼룩 하나 없이 균등하게 샛노란 계란 지단과, 흐트러짐 없이 완벽한 S자 곡선으로 뿌려진 A1소스를 보고 있자면, 마치 퇴고에 퇴고를 거듭해 더 이상 버릴 단어가 없는 소설을 읽는 기분이 들어버린다.

그런 이유로 독서의 계절인 가을에, 쓸쓸한 바람이 부는 가을에, 몸과 마음이 서느렇게 식는 가을에, 따뜻하고 달콤한 오므라이스가 더욱 생각난다.

생선의

미학

　금요일 오후 3시, 나는 지금 책상 앞에 앉아 바람에 흔들리는 빨래와 역시 바람에 건조되고 있는 커피가루를 보고 있다. 그리고 노트북을 열고 생선에 대해 쓰려 한다. 오늘은 도저히 힐 말이 없어서 이런 식으로 시작했다.

　나는 생선을 사랑한다. 이 무슨 밑도 끝도 없는 페티시즘적인 발언이냐 할지 모르겠지만, 꽤 진지하게 생선에 매력을 느끼고 있다. 생선의 세계란, 명왕성, 천왕성, 목성, 토성, 금성 등으로 구성된 하나의 거대한 우주와 같아서, 그 세계 역시 고등어, 갈치, 삼치, 조기, 임연수어 등으로 구성돼 있다(또한 세부적으로는 고등어가 자반고등어, 간고등어로 나뉘고, 명태가 생태, 동태, 황태 등으로 나뉘니 실로 거대하고 독자적인 우주라 할 만하다). 말하자면, 나는 마치 천체의 은밀한 매력을 알아버린 소년처럼 생선의 매력에 빠져 있다. 그런 이유로 얼마 전부터 미니오븐을 하나 마련해 열심히 생선을 굽고 있다.

아침이면 오븐 바닥에 물을 부어 5분 정도 예열하고, 생선을 철망에 올려놓고 십 분 정도 구우면 노릇하게 익어가는 생선 향기가 방안에 솔솔 퍼져간다. 해는 이제 점점 정수리를 향해가고, 그만큼 햇살은 따뜻해지기 시작한다. 동시에, 어디선가 불어온 선선한 바람이 생선의 향기를 코끝까지 실어다 준다. 나는 과장하기를 몹시 싫어하지만, 이럴 때면 간혹 "아, 이것이야말로 독신 남성에게 불어오는 행복의 향기야"라고 느껴버리곤 한다. 또, 어떨 때는 "그래. 오늘도 열심히 살아야지" 하는 정체불명의 노동 의욕 같은 것도 불끈불끈 솟는다. 이런 훌륭한 생선들을 먹기 위해서는 꾸준히 쓰고, 또 그 쓴 것을 꼼꼼하게 고쳐야 한다. 그러지 않고서는 불가능하기 때문에 나의 비루한 문학적 세계를 더 정교히 해야겠다는 다짐 아닌 다짐까지 하게 된다. 그러므로 내게 있어 생선의 가치란 노동의욕의 고취제이자, 나른하고 지루한 일상을 견뎌내게 하는 원동력 같은 것이라면 너무 거창하지만 이미 해버린 후다.

요즘은 거의 매일 생선을 주식처럼 먹고 있다. 어느덧 '생선 오븐 요리 전문가'까지 되어가는 느낌이다. 생선을 오븐에 넣은 후, 5~6분 정도 지나면 생선에서 자연적으로 분출된 기름이 밑단에 떨어진다. 그러면, 예열할 때 부어놓았던 물에 기름이 떨어지며 소리가 난다. 이 소리를 듣고 있으면 나도 모르게 배가 고파진다. 그러면 나도 글을 쓰다 말고, '어이쿠 이거 어서 밥을 먹지 않으면 안 되겠어' 하는 심정으로 조급하게 밥상을 차리게 된다.

말이 나온 김에 덧붙이자면, 생선에 가장 잘 어울리는 반찬은 김장김치와 김이다. 김을 전등에 비춰보면 하나의 잘 마른 바다가 들어 있다. 어찌어찌하여 하나의 바다가 가공과 조미를 거쳐 밥상까지 건너왔다는 인상을 준다. 비슷한 이유로 안주 역시 생선이 최고다. 나는 사실 여름이라고 해서 맥주를 벌컥벌컥 마시는 타입은 아니지만, 간혹 맥주를 마시게 되면 생맥주와 시샤모를 찾는다. 생맥주의 윗동에 잘 부어진 거품을 보고 있노라면 멀리서 달려와 부서지는 파도거품이 담겨진 것 같기도 하고, 노릇하게 구워진 시샤모의 껍질은 따가운

해변의 태양에 이리저리 익은 바위의 표면 같기도 하다. 생선을 먹다 보면, 그에 어울릴 법한 음식을 찾게 되고, 그건 한결같이 바다를 연상시킨다. 바다가 고향인 나로서는 썩 괜찮은 시간이다.

내륙국가에서 힘겹게 이 글을 읽는 해외독자를 생각해, 이쯤에서 나에게 완벽한 하루란 어떤 것인지 말하며 끝맺겠다.

나는 아침에 눈을 떠 시원한 생수를 500cc 잔에 담아 꿀떡꿀떡 마시고, 베란다에서 넘어오는 생선 향기를 맡는다. 그리고 하얀 생선살을 간장에 찍어 먹고, 그날 작성할 하루치 원고를 토닥토닥 쳐 내려간다. 세탁기는 여느 때처럼 느릿느릿 돌아가며 소리를 내고, 방향제로 쓸 젖은 커피가루는 근사하게 건조되어 간다. 달리기를 하고 나서 내일 먹을 생선을 사들고 온 나는 우편함에 꽂힌 봉투 하나를 발견한다.

봉투 안에는 '최민석 작가 1/4분기 인세 지급 내역'이란 제목이 적혀 있고, 내역에는 일천만원이란 글씨가 큼직하게 인쇄돼 있다.

나는 너무 익숙하다 못해, '이젠 이것도 지겹군' 하는 표정으로 봉투를 소파에 툭 던진다(물론 이런 일은 없다). 내일을 준비하는 생선은 냉장고 안에서 시원한 잠을 즐기고 있고, 하늘은 데킬라 선라이즈의 밑동처럼 노랗고 붉게 번져간다.

완벽한 하루다.

위장취업?

(소설가를 소설가라 부르지 못하는…)

최근에 거짓말을 몇 번 한 적이 있는데, 공교롭게 모두 직업에 관한 것이었다. 소설이란 꾸며내는 것이고, 소설가란 원래 거짓말을 그럴싸하게 하는 존재라는 걸 생각해보면 그다지 죄책감은 들지 않지만, 아무튼 곤혹스러웠다. 처음부터 그럴 생각이 있었던 건 아니었지만, 어쨌든 전말은 이렇다.

나는 여느 때처럼 몹시 추레한 모습으로 한동안 늦은 아점을 먹던 식당에 가서 고등어구이 백반을 주문하고, 스포츠 신문의 060 전화광고를 보고 있었다. 그런데, 평소에는 아무 말 없던 아주머니가 갑자기 그날은 직업을 묻기에, 무심코

소설가라고 말을 했다. 그러자 식당 아주머니(편의상 아주머니 1)가 큰 소리로, "어이. 이 아저씨, 소설가래!"라며 홀 서빙 아주머니(편의상 2)를 불렀고, 주방에서 김치를 썰던 아주머니(편의상 3)도 "뭐, 누구라고?" 하며 불쑥 나왔다. 그리하여 나는 고등어구이 백반을 사이에 두고 세 아주머니와 마주하게 됐다. 아주머니3은 "누구라고? 누구라고?"를 연발했고, 아주머니1은 왜 모르느냐는 듯이 "아 — 유명 작가님이시래!"라고 했고, 아주머니2는 "어쩐지. 어쩐지 TV에서 본 사람 같더라"며 손뼉을 쳤다. 아주머니 1, 2, 3은 번갈아가며, "이름이 뭐예요?", "책 제목 좀 알려줘봐 —", "그럼, 〈무릎팍 도사〉에도 나오는 거야? (가장 상상력이 풍부한 질문이었다.)" 등의 질문을 쏟아냈다.

나는 당연한 말이지만, 아직 신인이라 현재까지 책으로 나온 소설은 없고, 지금은 그냥 꾸준히 쓰는 단계라 했다. 그러자, 아주머니1과 2의 얼굴엔 실망한 기색이 역력했고, 나는 소설가가 되고 나서 처음으로 실재적인 후회와 미안함을 동시에 느꼈다. 그 와중에 아주머니3은 의심하는 눈초리로 나를 위아래로 훑어보았으니, 어쩌다 보니 졸지에 작가 사칭이나 하고 다니는 파렴치한 사기꾼쯤으로 몰려버렸다.

유별난 사람들이야 많지 않다 쳐도, 어찌됐든 간에 신인 소설가가 자신의 직업을 설명하는 것만큼 피곤한 일은 없다. 그런 탓에, 나는 요즘 식당 주인이나 영업사원 등의 사람들이 직업을 물으면, 그때마다 내키는 대로 대답하곤 한다. 대개 추가 질문이 따라오지 않거나, 오후 1~2시에 슬리퍼, 반바지 차림으로 식당이나 은행에 가도 상관없는 것으로 둘러댄다.

그 결과 내가 발견한 좋은 직업은 이렇다.

1. 배관공(복장이 자유롭다.)
2. 파일럿(한 번 해보고 싶었다. 시차에 시달리며 늦게 밥 먹으러 가는 모습이 멋있다.)
3. 성인회관 웨이터(추가 질문이 없을 것 같다.)
4. 영화사 기획실장(아무 이유 없다. 절대 멋있어 보여서 그런 건 아니다.)

그런데 막상 이렇게 찾아내고 나니까, 물어보는 사람이 확 줄었다(물론 예전에도 많았던 건 아니지만). 나름대로 까다로운 조건을 가지고 구상한 거짓말인데, 그다지 물어주지 않으니 기운이 빠져버리고 말았다. 이런 차에 연이어 질문을 받는 쾌

거가 일어났는데, 그만 전혀 예상치 못한 난관에 부딪혔다.

나는 계획한 대로 배관공이라 했다. 그러자 식당 아주머니는 기다렸다는 듯이 싱크대가 고장 났다며 식사 끝나면 좀 봐달라고 했다. 하여, 나는 비겁하게 재빨리 밥값을 계산하고 도망 나왔다. 그러고 보니 식당에는 반드시 주방이 있기 마련이고, 배관공은 가장 탄로 나기 좋은 거짓말이었다(이래서 소설은 어찌 쓰는지). 그래서 다음번엔 시차에 몹시 시달리는 표정을 지으며, 보잉 선글라스가 없어 아쉽다는 투로 파일럿이라 말했다가, 또 곤욕을 치렀다. 누가 보더라도 얼굴에 '고스톱'이라 써진 아주머니가 자꾸 집요하게 항공사 담요 좀 가져다달라 하는 바람에, 이마저 그만뒀다.

그나저나, 신인 작가는 뭐라 설명해야 하나. 참!

"한국문단에는요… (문단 설명하는 데, 십 분), 등단이라는 게 있어서요… (이번엔 등단 설명에 십 분), 그 등단을 하고 나면, 또 문예지란 게 있어가지고요(또 문예지 설명 십 분), 단편소설을 게재하고, 나중에 그걸 소설집으로 엮어야 하기 때문에, 몇 년이…

거 참! 누가 이 이야기를 듣고 앉아 있겠는가!

글쓰기에
대해

아직 이런 글을 쓰는 것은 시기상조이지만, 막상 떠오르는 소재가 없으므로 이번 주는 글쓰기에 관해 써보려 한다. 머릿속에 떠오르는 소재가 없다 해서 감당 못할 대상에 대해 쓰는 사람이 어디 있느냐 한다면, 그게 바로 나다. 때론 과한 임시변통적인 자세로 곤란을 겪기도 하지만, 그래도 여유로운 자세는 삶에 적당한 윤기를 흐르게 한다는 게 내 생각이다.

어찌됐든, 글쓰기에 대해 쓰려면, 박완서 작가나 가브리엘 가르시아 마르케스처럼 한평생 집필에 투신한 후 마침내 소중하게 얻은 깨달음을 써야 운치 있고 설득력도 있겠지만, 솔직히 말해 나는 그럴만한 여유가 없다. 무엇보다 그럴만한 위치에 오를 가능성도 희박하겠거니와 그만큼 끈기 있게 써낼 자신도 없다. 설사 운이 좋아 그런 경지에 이른다 해도 나는 왠지 겉멋이 잔뜩 들어간 말을 무지하게 늘어놓을 것 같다. 그렇기에 오히려 지금 쓰는 것이 가장 솔직하고, 담백할 것 같다. 재차 "소재가 없어서 그랬다"는 건 차마 내 입으로 말 못하겠다(면서 또 해버렸군요).

글쓰기에 관해 가장 감명 깊게 들은 말은 대학 시절 은사가 들려준, 이른바 모파상의 '벽돌론'이다.

"한 편의 훌륭한 글은 잘 지은 벽돌집과도 같습니다. 잘 지은 벽돌집은 벽돌 하나를 빼면 집 전체가 와르르 무너집니다. 글 역시 단어 하나만 빼도 글 전체가 와르르 무너지듯이 써야 합니다."

나는 이 말을 7년 전에 들었는데, 비록 이뤄내진 못할지라도 모든 글을 쓸 때 선생의 가르침을 되새기고 있다. 이것은 글뿐 아니라 영화나 음악에도 적용되는데, 잘 찍힌 영화는 장면 하나 하나 버릴 것이 없고, 그 장면 속에 들어간 소품까지

버릴 것이 없다. 동시에 잘 써지고 연주된 곡은 가수의 헛소리마저 흥을 돋우기 위해 필요한 것이다. 이런 글을 쓰면 독자들이 앞으로 상당히 엄중한 잣대로 글을 읽을까봐 두렵지만, 사실은 사실이다. 여기서 중요한 것은 이렇게 써내고 있다는 것이 아니라, 이런 자세로 쓰고 있다는 것이다(이번 주에도 나는 비겁하다).

이상의 이야기는 상당히 이상적인 이야기다. 현실은 누구도 이렇게 이뤄내지 못하기 때문이다. 그렇기에 나는 때로는 편집증이다 싶을 정도로 쉼표와 조사, 문장의 흐름과 호흡, 단어에 치졸하게 매달린다. 쉼표 하나를 찍을지 말지 고민하다 모니터를 세 시간 동안 노려본 적도 있고, 문장 하나가 마음에 들지 않아 석 달 동안 머릿속으로 계속 썼다가 지운 적도 있다(물론 다른 것도 하면서 말이다. 이상하게 보지 말기 바란다).

내게 영감을 주었던 그 선생은 문인도 아니었고, 문학을 즐겨 읽는 독자도 아니었다. 선생은 그저 논문을 읽고 논문을 쓰는 학자였다. 그래서 그것이 내게는 더 큰 울림이었다. 문학이 아니라 과학을 하는 사람이 이러한 자세로 글을 쓰는데, 문학을 한다면 그만큼은 아니더라도 적어도 비슷한 노력 정도는 해야 하지 않을까, 라고 생각한 것이다.

한 단락 안에 있는 단어와 단어 사이에는 보이지 않는 유기성이 있고, 그 유기성을 좀 더 밀착시키거나, 적당히 떨어뜨리기 위해 쉼표가 있는 것이다. 그러므로 문장에서 한 단어를 빼면 그 문장이 무너지고, 그 문장이 무너지면 그 단락이 무너지고, 그 단락이 무너지면 한 장(章, Chapter)이 무너지고, 그 장이 무너지면 책 전체가 무너지는 것이다. 결국 책 한 권과 한 단어 사이에는 보이지 않는 매우 긴밀한 유기성이 존재하는 것이다.

어쩌다 보니 이번에는 이런 글을 써버려, 다음에 쓸 글이 몹시 부담스러워졌다.

(하지만 잊지 말기 바란다. 나는 말을 쉽게 바꾸는 사람이다.)

그나저나 이렇게 글을 썼는데, 말도 않고서 문장을 삭제해버리는 편집자들을 만나면 몹시 허탈해져버린다. 설마 그런 일이 있느냐 싶겠지만, 문학을 전문으로 하는 큰 출판사에서 왕왕 그러더군요.

나쁜 남편

케이블 TV에서 아내들이 남편들에 대해 이런저런 이야기하는 프로그램을 봤다. 아내들은 기본적으로 농담하듯 부부 생활에 대해 속 시원하게 말해서, 보면서 통쾌하기도 하고 때론 유쾌하기도 했다. 그런데, 보다 보니 다음과 같은 몇몇 가슴 아픈 에피소드도 있었다.

1. 결혼 전에는 노홍철도 울고 갈 정도로 대소사를 털어놓던 남편이, 결혼 후에는 묵언수행을 하고 있다.
2. 남편이 소녀시대 팬이기에, 소녀시대 분장을 하고 깜짝 댄스를 선보이니, '소녀시대만은 건드리지 말라'고 했다.

3. 신혼 때엔 욕조에 빨간 초를 피우고 함께 목욕하던 남편이 이젠 문 잠그고서 목욕한다.

이런 사연을 스스로 웃으며 말하는 아내들을 보며, 사랑이란 변하기 마련이고, 그 변화를 웃으며 말할 수 있다니, 시간의 힘이란 대단하구나, 하고 느꼈다. 이렇게 출연자들이 남편에게 받은 서운한 감정을 풀기 위해 다양한 이야기를 풀며 해소하는 시간을 보내다 보니, 분위기가 남편의 행동을 질타하는 쪽으로 자연스레 흘러갔다. 그러다, 결국은 대화가 '낯선 남자와의 로맨스' 쪽으로 넘어갔다(갑작스러운 전개에 약간 놀랐지만, 결국은 남의 가정사이므로 기왕 보는 것, 흥미롭게 지켜봤다). 처음에는 사소하게 수영강사가 평영을 가르쳐주기 위해 배를 잡아줄 때 복부가 사시나무처럼 떨렸다는 것부터, 다정다감한 택배 청년에게 반해 일부러 특정 쇼핑몰만 이용했다는 사연 정도였으나, 점차 농도가 진해져 갔다. 그러다 '반년가량 낯선 남자와 교제를 했다'는 한 아내의 고백이 터져 나오자 스튜디오 공기가 크게 출렁였다.

물론 공중파가 아닌 케이블 방송이지만, 그래도 방송은 방송 아닌가. 자신의 은밀한 개인사를 털어놓은 출연자의 대범함에 감탄했다.

혹시 염려할까 싶어 밝히지만, 그 출연자의 교제가 선을 넘지는 않았던 것 같다. 그래도 겨울날의 마른 고목을 촉촉이 적셔 꽃피우게 했던 건 사실인 것 같았다. 그때의 기분에 젖었는지 이야기하던 50대 출연자의 볼은 발그레했다.

물론, 그의 가정사에 내가 참견할 바는 아니다. 하지만, 이 일을 계기로 육체가 섞이지 않은 마음만으로 연애한 경우라도, 그걸 '배우자에게, 혹은 공적인 장소에서 이야기하는 게 과연 바람직할까' 생각해봤다. 마침 어제 알고 지내는 목사를 만날 일이 있어서 이 이야기를 했는데, 그는 단호하게 말했다.

"아무리 추궁을 당해도 바람피운 걸 절대 말하면 안 됩니다. 민석 씨!"

(나는 심리적인 걸 이야기했는데, 그는 이미 모든 가능성을 내포하여 답했다.)

"아니, 제가 바람을 피웠다는 건 아니고요, 아…, 저 결혼도 안 했고요…"라고 항변해보았지만, 그는 아랑곳 않고 주장을 계속 펼쳤다. 이야기를 듣는 내내 마치 나를 습관성 바람둥이로 의심한다는 느낌이 들긴 했지만, 아무튼 요지는 이랬다.

외도를 한 당사자가 뉘우쳐 다시는 그러지 않고, 이제부터 진정 잘해보겠다는 의미에서 용서를 구한다손 쳐도, 그건 결국 책임을 상대에게 전가하는 것밖에 되지 않는다는 것이었다. 이유인즉슨 나는 이제 모두 고백하고, 뉘우치고, 가정에 충실할 의지가 충만하니, 지금부터 당신이 나를 용서하고 받아줄 차례라는 것을 강요한다는 것이었다. 이건 인간의 보편적인 감정을 고려해볼 때 절대 쿨해질 수 없는 성질의 것이고, 순간적으로 무한한 자비가 발동해 용인하더라도 결국 세월이 지나면 울분이 부활해 어느 날 관계를 해치는 결정적 요인으로 작용할지 모른다는 것이다.

거, 참, 이 목사는 이렇게 살고 있구나, 라고 생각했다

라는 건 아니고, 거, 참 결혼의 세계란 그런 것이구나, 라고 생각했다.

*

그나저나, 좋은 남편이란 무엇일까. 항상 고민이다. 얼마 전에 지하철에서 중년 여성 두 분이 이야기하는 걸 들었다. "우리 남편은 너무 착해서 탈이야. 아, 글쎄 동창 가게 오픈한다면 가서 일 다 도와주고, 화환 사주고, 누구 궁하다 하면 아예 찾아가서 여기저기 돈 빌려주고, 그것도 모자라 사돈의 팔

촌의 전남편까지 보증을 서주려니 말이야. 뭘 딱하니 챙기는 맛이 없어." 옆에 있던 친구 왈, "맞아. 맞아. 착한 남자는 남편으로 못 써. 차라리 나쁜 남자가 훨씬 낫지." 그러자 말을 꺼낸 분 왈, "그래. 그래. 남편도 나쁜 남자가 훨씬 나아."

때마침 이야기하던 아주머니와 얼굴이 마주쳤다.
나도 모르게 나쁜 표정으로 '씨익' 웃어주었다.
(오해 마시길. 훌륭한 남편감이 되려는 마음뿐이었어요.)

글을 쓰지 못하는 작가는
변비 환자와 같은 것

나는 지금 간절히 쾌변을 원하고 있다. 하지만, 변비에 걸린 것은 아니다. 매일 글을 쓰는 작가에게 쓴다는 행위는 마치 매일 호흡하고, 식사하고, 똥을 싸는 것과 비슷한 일이다. 즉, 작가란 생물은 글을 써내야 속에서 쌓인 것들이 분출되어 살아갈 수 있는 존재란 의미다.

도입부터 지저분해서 미안하지만, 일필휘지로 글을 쓴다는 것은 속성으로 쾌변을 보는 것과 비슷하다. 몸에 좋은 것이든 나쁜 것이든 무지하게 먹어댄다. 건강한 신체와 문제없는 소화기관을 가진 사람이라면, 먹은 것의 일부는 살아가는 힘으로 쓰고 나머지는 신체 밖으로 배출을 한다. 마찬가지로, 글

을 쓰는 사람은 좋은 경험이든 나쁜 경험이든 무지하게 겪어 댄다. 역시 건전한 두뇌와 문제없는 소화능력을 가진 작가라면, 경험한 것의 일부는 살아가는 교훈으로 삼고 나머지는 손끝으로 분출해낸다.

눈치 챘는지는 모르겠지만, 여기에는 전제가 있다. '건강한 작가'란 단서가 그것이다. 건강한 작가란, 자기가 경험한 바를 살아가는 영양분으로 삼고, 그것을 숙성시킨 다음 글로 빚어 낼 수 있는 역량을 지닌 사람을 말한다. 그런 상태가 아니라면 부실한 작가란 말인데, 딱하게도 내가 지금 그 상태다.

그렇다. 나는 지난 한 달 동안 이렇다 할 글을 쓰지 못했다. 물론 전혀 쓰지 않은 것은 아니다. 데뷔작 《너의 눈에서 희망을 본다》를 끝낸 피로감도 있고, 역시 소설 데뷔작 〈시티투어버스를 탈취하라〉를 끝낸 노곤함도 있겠지만, 그래도 이렇다할 글을 한 달째 쓰지 못했다는 사실에는 변함이 없다.

지난 한 달 동안 내가 한 일이라고는 칼럼 한 편과 노랫말 두 개를 쓰고, 단편소설 하나를 퇴고한 게 전부다. 그 외에는 진탕 허탕만 쳤다. 이것이 바람직한 일인지 아닌지는 모르겠지만, 전업 작가로서 글을 쓰지 못한다는 것은 꽤나 불편한 일이다. 먹은 것이 없어서 똥이 나오지 않느냐 반문한다면 할 말은 없다. 그러나 이때껏 살면서 경험한 것들을 먹은 것에 비유

하자면, 분명 아직도 내 창작의 세계 안에 쌓인 숙변은 거대한 산처럼 높다. 그러나 나는 한 달 동안 변기 위에 앉아 허송세월하고 있다. 진짜로 변기 위에 멍청히 앉아 있는 것은 아니고, 노트북 모니터를 한 달째 뚫어져라 응시하고 있다.

이 외에 내가 지난달 동안 한 일이라곤, 영화를 보고, 영화를 보고, 또 영화를 본 일이다. 간혹 책을 읽고, 산에 오르고, 마라톤 완주를 한 번 한 것 빼고는 뭘 했는지 기억이 안 난다. 연애를 한 것도 아니고, 불륜에 휩싸인 것도 아니고, 그렇다고 해서 파출소 담벼락에 오줌을 거칠게 휘갈겨낸 것도 아니다. 커피를 백 잔 넘게 마시고, 밥(이건 말 그대로 진짜 밥)을 90그릇 이상 먹어대고, 200km 이상을 뛰어다니는 동안 글은 한 편도 쓰지 못했다.

소설가로서 생각하는 글을 뽑아내지 못하는 요즘은 마치 원하는 바를 뽑아내지 못하는 변비 환자 같다. 속에는 차곡차곡 음식물이 쌓여가는데 그에 응당한 결과물(?)들이 나올 생각을 않는다. 마찬가지로 작가의 가슴에는 차곡차곡 슬픔과 웃음들이 쌓여가는데 그에 응당한 결과물들이 손끝을 통해 나올 생각을 않는다. 순간, 변비로 심하게 고생한 누군가가 항문이 막혀버렸나 싶어 걱정했다는 이야기가 떠올랐다.

나도 모르게 내 손끝을 응시하고 있다.

왜 자꾸 예술상영관이
없어지는 걸까

　나는 특별히 할 일이 없는 인생을 살아왔으므로, 꽤 꾸준하
게 영화를 봐온 편에 속한다. 영화를 보는 것이 그저 습관이
돼버렸고, 영화를 보는 것이 아직은 가장 재밌으므로, 시간이
날 때면 별 생각 없이 영화를 본다. '아, 그래도 오늘은 크리
스마스 이브인데(실제로 오늘은 크리스마스 이브다) 다른 걸 해
볼까'라고 다짐해봐도 영화를 보는 것 외에는 다른 일이 쉽게
떠오르지 않는다. 마찬가지로, 긴 시간을 들여 집필을 끝내면
'무언가' 대단한 일을 해보자 작정하더라도, 막상 시간이 폭포
처럼 일상에 와르르 쏟아지면, 또 영화를 보는 것 외엔 별 생
각이 떠오르지 않는다. 그런 연유로 오늘은 뭔가 특별한 걸

해볼까, 라는 심정으로 집을 나서도 결국은 나도 모르게 발길이 영화관을 향하고 말아버린다.

김유신 장군은 졸고 있는 사이 자신을 천관녀의 집에 데려간 애마의 목을 베어버렸지만, 내가 멍하게 있는 사이 발이 영화관에 도착했다 해도 내 발을 베어버릴 수는 없는 노릇이다. 아울러, 내가 김유신 장군처럼 구국의 일념으로 글을 쓰는 것도 아니므로, 어느새 영화관에 도착하면 '어, 또 영화 볼 때가 됐군' 하는 식으로 그냥 영화를 본다.

초등학생 때는 나도 꽤 순수한 편이어서 스필버그 식의 밝고 희망찬 영화들을 줄기차게 봤다. 〈E.T〉나 〈구니스〉는 물론이고, 〈록키〉, 〈람보〉, 〈로보캅〉 등의 영화를 마구 봐댔으니 초등학생 민석 군의 세계관은 다분히 할리우드적이었다고 할 수 있다(지탄받을 정도의 세계관이라곤 할 수 없으나, 고치는 데 꽤 애를 먹긴 했다). 중학생 때는 주윤발이나 유덕화가 나오는 스토리 없는 영화들을 줄기차게 봤다. 당시의 주윤발은 한 편이 흥행하면 제목이 비슷한 영화를 주구장창 찍어댄지라, 나도 무슨 영화를 봤는지 기억이 잘 안 난다. 심지어 주윤발은 한 인터뷰에서 자기도 "무슨 영화를 찍었는지 잘 기억 못한다"고 했다. 어째 이런 일이 가능하겠냐고 반문할지 모르겠지만, 그의 영화를 거의 모두 본 나로서는 곧장 수긍하고야 말았다. 스토리와 출연진이 거의 같고(이수현과 그 일당들과 함께 복수를 하거나, 복수를 당한다), 배경 역시 같고(언제나 홍콩 뒷골목), 의상 역시 비슷하고(언제나 수트— 캬 멋있죠!) 감독 역시 대여섯 명 미만이니 헷갈릴 만하다. 게다가 제목마저 한두 철자만 다르지 않았는가.

당시만 하더라도 한국영화는 거의 에로영화 일색이라, 미성년자로서 한국영화를 보기에는 상당한 애로가 따랐다. 따라서 한국영화를 제대로 보기 시작한 것은 거의 얼굴이 성인처럼 보였던 시기부터였다(그러므로, 법적 성인이 되기 전에… 흠. 흠). 이때부터 한국영화는 중흥기에 접어들어, 아직도 내 으뜸 메뉴로 자리 잡고 있다. 당시의 한국영화들은 제작비 문제 때문에, 주로 현실적인 소재들을 다뤘는데 나는 이 점이 매우 좋았다. 때로는 목성의 바람둥이가 화성의 유부녀와 불륜에 빠진다는 식의 황당한 이야기도 나쁘진 않으나, 어디까지나 예술은 현실에 발을 딛고 살아가는 사람들을 위로해야 한다는 것이 나의 생각이다(제 소설은 왜 그러냐면, 할 말은 없습니다… 흠. 흠).

비록 제작비가 없어서 현실적인 소재들을 많이 택하긴 했지만, 현실적인 이야기를 좋아하는 나로서는 매우 반가운 일이었다. 이러다 보니 급기야는 〈반지의 제왕〉이나 〈해리포터〉 같은 시리즈물을 보면 무턱대고 졸려오기 시작했다. 고백하자면 나는 〈반지의 제왕〉 전편을 극장에서 봤지만, 눈 뜨고 본 시간이 채 15분이 되지 않는다. 간달프가 등장하면 그저 잠자리에서 동화를 듣는 아이 심정이 되어 스르르 눈이 감겨버리고 마는 식이다.

어쨌든, 현실적인 이야기의 백미는 바로 유럽영화들이다. 뭔가 쓸데없는 이야기를 몹시 늘어놓은 듯한 대사와(실생활이 그렇지 않은가), 흐릿한 동유럽 영화의 영상들과(우리의 현실이 그렇지 않은가), 배우 같지 않은 배우들의 등장(우리의 친구들이 그렇지 않은가)은 역시 예술이란 현실에 기반을 두어야 한다는 겸허한 교훈을 새삼 전해준다.

어쩌다 보니 그런 연유로 예술상영관에 자주 출입하게 됐다. 보고 싶은 영화나 음악은 거의 구하기 어려운 경우가 허다한데, 간혹 상영을 하면 거의 예술영화관에서 상영하기 때문이다. 그나저나, 예술상영관이 자꾸 하나둘씩 줄어가는 것은 몹시 슬픈 일이다.

오늘(다시 말하자면 성탄절 이브임에)도 역시 내 발목은 영화관으로 향할 것 같다. 역시 그렇다고 해서 김유신 장군처럼 할 수는 없는 노릇이다.

김 장군님! 도움이 안 된다고요. 그런 교훈은⋯.

아르바이트에

관하여

회사를 그만두며 전업작가로 살기로 결심했을 때, "아르바이트를 할지언정 글에 대한 고집은 꺾지 않겠다"고 선언했는데, 결국은 아르바이트를 하게 됐다.

어느 날 서점에 갔는데, 내 책 앞에서 어느 독자가 달뜬 얼굴로 "글쎄 이 최민석이란 작가가 글 쓰는 데 술이 방해가 된다고 여겨서 백일 넘게 금주를 하고, 집중력을 키우기 위해 매일 7~8km씩 달리고, 나중에는 오로지 글로만 생긴 수입으로 생활하기 위해 위까지 줄여가며 적게 먹었대. 그렇게 쓴 게 이 책인데, 지금 베스트셀러야!"라고 말하는 건 역시 내 상상

속의 일이다. 현실 속의 나는 아르바이트를 하기 위해 새벽 6시 반에 전단지를 잔뜩 들고 응암동의 한 남자고등학교 앞에 서 있었다.

남고男高 앞에서 새벽이슬까지 맞으며 전단을 돌리다가, 비굴하게 학생주임에게 고개까지 숙였다(왠지 학생주임은 우주의 모든 권력을 다 가진 것처럼 보이기 때문이다).

그런데, 어째서 이런 일을 하게 됐냐면, 초등학생 때부터 악연을 유지해온 한 친구 녀석 때문이다. 녀석이 보습학원을 개업한다며 내게 일당 십만 원이란 달콤한 당근으로 유혹한 것이다. 그때는 마침 장편 데뷔작의 편집자가 해고당하는 바람에 책의 출판이 엎어진 판국이었고, 할 일도 없었기에 나로선 마다할 이유가 없었다. 그런 탓에 4일 동안 새벽이슬을 맞으며 응암동으로 꾸역꾸역 나갔다. 내가 새벽에 나가 남고 앞에 서 있으면 녀석은 "어이 ― 최씨. 이제 나오는가?"라는 인사말로 느긋하게 걸어왔고, 나는 "대표님. 입금은 꼭 어김없이 해주셔야 합니다"라고 대꾸했다. 녀석은 "하하. 내가 누군가. 그거야 21세기의 OECD 국가에서 당연한 일 아닌가"라고 큰소리를 쳤고, 나는 "하하. 그렇군요"라고 고개를 끄덕였다.

하지만 녀석은 21세기의 OECD국가에서 당연한 일을, 마치 당연하다는 듯이 어겨버렸다. 마지막 날 밥을 사주고선, 그걸로 어영부영 끝내버린 것이다. 나는 '프롤레타리아의 노동이란 결국 이런 식으로 자본가에게 착취당하는구나'라며 자본주의의 냉혹한 현실을 맛보았다.

그 뒤로 나는 아르바이트에 관한 철칙을 정했다.

입금이 되기 전에는 움직이지 않는다.

예전에도 아르바이트를 하고 제때 못 받거나, 아예 못 받은 적이 있어서 결국은 이렇게 정해버리고 만 것이다.

물론 이렇게 정해놓고 나니 할 일은 상당히 줄어버리게 되었다. 세상에는 나름의 원칙이라는 것이 있고, 그 원칙과 룰을 따르지 않으면 자연히 할 일은 줄게 된다. 하지만 나도 나름의 작은 세계이고, 두 개의 다른 세계가 만날 때는 각자의 원칙과 룰이 합의될 때만 함께 전진할 수 있다는 것이 나의 지론이다. 덕분에 나는 잡스러운 일들로부터 해방(이자 단절)되었고, (좀 더 궁색해지고) 좀 더 글에 집중할 수 있게 되었다.

글을 기고할 때도 내가 정한 원칙들을 제시하고 그 원칙에 맞지 않으면 아무리 원고료를 많이 주거나, 유명한 출판사라 할지라도 청탁에 응하지 않는다. 마찬가지로 이렇게 원칙을 정해놓게 되니, 기고할 곳은 상당히 줄게 되고 나는 자연스럽게 주류 문단의 세계에서 소외되고 있다(혹은 그렇게 예상되고 있다). 그러나 별 볼 일 없지만, 최민석의 문학이라는 것 역시 작은 세계이며, 아무리 주류 문학의 세계가 공고하다 할지라도 나라는 세계를 변형 혹은 파괴까지 시켜가며 맞춰가야 할 필요성은 아직 느끼지 못하고 있다. 또 그렇게 맞춰가다 보면 결국은 내 세계라는 것이 아예 사라져, 어떤 사람도 내 글을 찾지 않을 거라는 심리도 작용하고 있다. 이율배반적이지만, 그렇다. (휴 — 글로 먹고 살기가 참 어렵군요.)

그러한 연유로, "아르바이트를 할지언정, 글에 대한 고집은 꺾지 않겠다"고 했던 말이 씨가 되어 어느새 아르바이트를 하게 된 것이다. 게다가 입금이 되지 않으면 움직이지 않는다는 철칙까지 붙여버려 여러모로 복잡하게 돼버렸다.

나의 사정을 들은 선배가 글로 표현 안 된 영화 아이템을 단편소설의 형태로 표현하는 일(이런 걸 트리트먼트라 한다. 시나리오 전 단계다)이 어떻겠냐고 했고, 나는 "죄송하지만 일은 입금이 확인된 후에 하겠습니다"라고 말했다. 이 말을 들은 선배는 자신도 영화 일을 하며 돈을 떼먹힌 적이 한두 번이 아니라며, 잘 생각했다고 이해해주었다. 입금이 되지 않으면 펜대를 움직일 생각도 하지 말라고 첨언했다. 일을 의뢰한 사람에게 나의 강경한 의지를 그대로 전하겠노라고 선배도 뭔가에 흥분한 듯 말했다. 우리는 막 계약서에 사인을 한 투수와 구단주처럼 악수를 했고, 나는 역시 고교 선배는 다르다고 감탄했다.

하지만 역시 자본주의 세계는 냉정한 탓인지, 아직 입금이 되지 않고 있다.

그런 탓에 나의 펜대도 봄바람의 위로를 받으며 조용히 자고 있다. 쿨쿨.

장국영과
만우절

오늘은 만우절이기도 하고, 장국영이 죽은 날이기도 하다. 그는 레슬리 쳉으로 불리기도 하고, 장궈룽으로 불리기도 하나, 우리에게 여전히 친숙한 이름은 장국영이다. 여기서 우리란, (저우룬파가 아닌) 주윤발을 따라 성냥개비를 잘근 씹어 물고, (역시 류더화가 아닌) 유덕화를 따라 청재킷의 깃을 세운 세대를 말한다. 70년대의 젊은이들에게 비틀즈와 롤링스톤즈 그리고 신성일이 있었다면, 90년대의 젊은이들에게는 주윤발과 유덕화, 그리고 장국영이 있었다.

이 셋은 모두 공교롭게도 한국 CF에 출연을 했다. 장국영과 유덕화는 로맨틱한 이미지에 걸맞게 초콜릿 광고를 찍었는데, 무슨 영문인지 주윤발은 우유탄산음료 광고를 찍었다. 우유탄산음료가 어때서 그러느냐 한다면, 맞다. 이상할 것 없다. 내가 기이하게 여긴 건 그게 아니라, 바로 CF의 스토리였다.

스크린에서는 언제나 홍콩 뒷골목에서 버버리코트를 입고 쌍권총을 쏘아대던 주윤발이, CF에서는 한국 산간국도에서 가죽 재킷을 입고 오토바이를 타고 있다. 그러다, 도대체 어떤 이유 때문인지, 갑자기 트럭 뒤에 실린 대형 컨테이너 안에 들어가 우유탄산음료를 꿀떡꿀떡 마신다. 여기에는 주윤발이 갑자기 왜 음료를 마시게 됐는지에 대한 설명이 없다. 오토바이를 시속 150km 이상으로 타다 보니 갈증이 났다거나, 사랑하는 여인을 생각하니 애가 탔다거나, 아니면 별안간 홍콩의 본토반환을 생각하니 속이 탔다거나 하는 인과관계가 없다. 우리의 영웅은 원래 우유탄산음료를 좋아했다는 말도 없이, 갑자기 음료를 벌컥벌컥 마시더니, "사랑해요. 밀키스"라고 외쳐댄다.

나는 21세기의 어느 4월 1일 문득 이 문제가 생각나 몹시 괴로워졌다.

그래서 광고를 다시 보니, 그것은 다음과 같이 요약된다.

1. 주윤발은 오토바이를 몰며 뒤에 오는 헬기를 힐끗힐끗 본다(오토바이에는 상품명이 크게 기재돼 있다).
2. 주윤발은 갑자기 컨테이너 차량 안으로 들어간다(컨테이너에도 상품명이 크게 기재돼 있다).
3. 주윤발은 상품, 즉 우유탄산음료를 날름날름 마신다.
4. 그리고 우유탄산음료를 사랑한다는 고백을 한다.

다시 생각해보니, 주윤발이 뒤에 오는 헬기를 몇 번씩 쳐다보는 것으로 인해 뭔가에 쫓긴다는 인상을 주긴 한다. 그러나 주윤발이 컨테이너 안에 들어갔다 해서, 헬기가 항로를 돌릴 거라고 납득할 순 없다. 어차피 쫓아가야 했다면 주윤발이 컨테이너 안에 들어가더라도, 계속 쫓아가야 하는 것 아닌가. 언젠가는 다시 컨테이너에서 내릴 것이고, 애초에 이리 쉽게 포기할 것이면 시작을 하지도 말았어야 한다는 것이 내 생각이다. 게다가 주윤발이 불안한 표정으로 헬기를 자꾸 뒤돌아보는 것은 보는 이로 하여금 적어도 헬기에 K6기관총 정도는 장착돼 있다는 인상을 풍긴다. 그렇다면 헬기 조종사의 입장에선 주윤발이 컨테이너 안에 들어간다 해도 트럭 조종석을 향해 기관총을 쏠 수는 있는 문제 아닌가. 헬기 조종사가 주윤발은 해칠 수 있어도 트럭 조종사는 해칠 수 없는 기이한 박애주의자란 말인가. 지금 와서 광고제작자가 들을지는 모르겠지만, 어차피 주윤발과 트럭 운전수는 한통속이다(그때 당시에는 대리운전도 없었다). 이런 생각들이 꼬리에 꼬리를 물자, 나는 그만 어느 선에서 체념해버리고 말았다. 그리고 다음과 같은 결론을 내렸다.

주윤발은 애초부터 탄산음료와 사랑에 빠질 운명이었다.
그는 이런 기묘한 운명을 타고났으므로, 바람 부는 어느 날 가죽점퍼를 입고 오토바이를 타다 컨테이너로 들어가 자신을 기다리고 있던 탄산음료를 만나 사랑에 빠지고 만 것이다.

이런 생각을 하고 있노라면, 당시의 광고제작자들이 한없이 부러워진다. 나는 요즘 소설을 쓰며 서사 구성 문제로 골머리를 썩이고 있다. 하지만, 당시의 광고제작자라면 그저 콘티를 쓱쓱 짜고, 콘셉트를 싹싹 잡고, "어. 이쯤에서 제품을 노출시키면 되는 거야" 해버리면 된다. 누군가가 "저어― 헤드카피는 어쩔까요?"라고 물으면, 그는 간단하게 말한다. "'사랑해요!'라고 해"라는 식으로 말이다(아니었다면 말고 말이다. 나는 여전히 비겁하다).

탁구와
B급 문학

　나는 지금 어느 작가 합숙소에 와 있다. 이곳이 과연 무엇을 하는 공간이냐 하면, 작가들이 모여 현재 한국문학의 위기와 침체에 대해 개탄하고, 현재 한국사회가 좌시하고 있는 사회문제에 대해 환기시키고, 이와 관련된 전 사회적 문제를 극복할 예술적 방안을 꾀하지는 않고, 탁구를 치거나 탁주를 마시거나 탁자를 닦고 있다.

　"어째서 작가들끼리 모였는데 도대체 그런 짓거리나 하고 있느냐?"고 말한다면, 아마 작가란 원래 그런 존재가 아닐까 싶다. 예로부터 문인이라 함은 '바람에 흔들리는 대나무를 보고 흔들리는 자신의 마음을 한탄하다 이를 그저 시 한 수로

지어내는 존재'이다 보니, 결과적으로 매우 한가한 사람들이라 할 수 있다. 이러한 풍토는 시대와 철학을 막론하고 전통처럼 자리 잡아, 고대 중동과 17세기 프랑스와 서부시대의 미국과 문화혁명기의 중국을 넘어 이곳 연희동까지 흘러온 것이다. 고로 우리는 지금 모여, 함께 탁구를 치고 탁주를 마시고 탁자에 흘린 탁주를 닦고 있다(갑자기 문장이 목에 탁, 탁 걸린다는 느낌은 나 혼자만의 느낌인가).

아무튼 그런고로 종종 탁구를 치는 작가들이 네 명 있는데 그 작가군은 무명작가인 나와 Y, 그리고 유명작가 S와 P이다. 우리는 오늘 복식으로 무명작가 대 유명작가의 시합을 펼쳤는데, 아니나 다를까 유명작가 팀이 이겼다. 신이시여, 그들에게 유명세도 주시고, 화려한 필력도 주시고, 재력도 주시고, 심지어 탁구실력까지 주시나이까, 라고 한탄하려 해도, 현실은 어쩔 수 없는 현실이다. 그리하여 무명작가 Y와 나는 정공법으로 상대하겠다는 철학을 포기하고, 우리의 습자지 두께 같은 명성에 걸맞은 전술을 택했다.

그것은 얍삽탁구다. 서브만 넘기면 무조건 상대의 몸에서 가장 먼 곳에 의도적으로 공을 쳐 넣는 것이다. 상대가 왼쪽에 있으면 시선은 왼쪽 끝을 응시하면서, 손목만 살짝 꺾어 오른쪽 네트 바로 앞에 공을 떨어뜨린다. 그러면 상대는 대개 탁

자에 바짝 붙는데, 그때엔 채를 슬쩍 밀어 공을 테이블 끝에 맞힌다. 상대는 처음에는 이리저리 뛰어다니며 공을 치다가, 결국엔 짜증을 내기 시작한다. 그러나 우리에게 욕을 하거나, 주먹질을 하진 않는다. 우리는 겨우 며칠 전에 통성명을 한 사이인 것이다. 게다가 유명작가들은 대개 '착한사람 콤플렉스'라는 걸 겪고 있기 때문에 — 아니면 말고 —, 쉽게 화를 낼 수도 없다. (무명작가란 매우 편한 것이다. 함께한 무명작가 Y씨는 그저께도 노상방뇨를 했다.)

우리 무명작가 팀은 이를 이용해, 비열한 웃음을 흘리거나, 중국에서 탁구 조기유학을 했다며, '찐따이 자마, 만따이 운또와(진땅엔 장화, 마른땅엔 운동화)' 따위의 가짜 중국어를 섞어 말하며, 상대의 심리를 난도질했다.

그러나 어쩐된 영문인지, 유명작가 팀은 우리에게 두 세트를 내주었다가, 결국 승리를 가르는 최종 세트를 이기고 말았다. 나와 무명작가 Y는 '신이시여, 이들을 이기게 하실 것이면, 애초에 내리 세 세트를 이기게 하여 우리로 하여금 헛된 희망을 품지 않게 하시지, 이게 무슨 1등 당첨 복권 알고 보니 지난주 것이었단 소리입니까', 라며 한탄하려 했으나, 여기서 귀중한 깨달음을 얻었다.

얍삽하게 이길 수 있는 것은 애초에 두 세트까지였던 것이다. 최종 세트까지 이기려면 결국은 정공법으로 승부해야 한다. 두 세트라도 이겨보는 것이 얍삽한 길을 택한 자들에게 주어진 선물이다.

나는 B급 문학을 지향하는 자로서, 최종 세트를 이길 순 없을 것이다.

그것이 오늘의 문학적 교훈이다.

그리고 무엇보다, 승부를 떠나 오늘의 탁구는 즐거웠다.

마찬가지로, B급 문학은 언제나 즐겁다(그래도 부끄러운 건 피할 수 없다).

어쩌다 보니

유서를 쓰려고 앉았다

어제부터 파울로 코엘료의 《흐르는 강물처럼》이란 에세이
를 읽고 있다. 학교를 졸업하고, 직장을 퇴사하고, 누군가로부
터 가르침을 받을 일이 없다 보니, 찾아서 이런 이야기를 읽지
않고서는 교훈을 얻을 일이 거의 없다. 게다가, 어쩌다 소설가
가 되어버려 선생이라 불리고 있으니, 이제 와서 누군가가 나
를 가르치려 드는 일은 거의 없다(물론, 선생으로 불리기 전에도
냉소적인 면모를 한결같이 유지해왔던 내게 작정하고 가르치려 했던
사람은 거의 없었지만, 그마저도 줄어버렸다). 때문에 코엘료의 책
을 택했는데, 아니나 다를까 이토록 가르치려고 작정한 책이
있을까 싶다. 처음에는 '뭐야, 이거 너무 교조적인 거 아니야?'

하며 읽었지만, 읽다 보니 어느 순간 "네. 선생님. 맞습니다. 제가 인생을 잘못 살았습니다. 이제부터 반성하며, 겸손하고 미련 없이 살겠습니다"라며 반성하게 된다.

그래서인지, 나는 지금 유서를 쓰려고 책상에 앉았다.

아니, 어째서 최민석 씨는 사고의 흐름이 이토록 극단적인가 할지 모르겠지만, 코엘료의 책을 읽어보시기 바란다(당신도 유서를 쓰고, 십 년 전 다투었던 친구에게 먼저 연락을 할지 모른다. 교훈이란 이토록 무서운 것이다). 인생이란 덧없다는 걸 실감하게 되고, 삶 속의 아주 사소한 것들에까지 가치를 부여하게 된다. 가령, 따사로운 햇살이나 이름 없는 꽃, 혹은 6월의 바람 같은 것이 더욱 소중하게 느껴진다. 게다가, 주변의 모두를 인정하고, 용서하고 화해하고 싶어진다.

이제 와서 이런 말을 하면 믿을지는 모르겠지만, 나는 데뷔하기 전부터 작가로서 인정을 받아야겠다거나, 책을 많이 팔아야겠다는 욕구 같은 것은 별로 없었다. 일본의 소설가 마루야마 겐지의 말을 빌리자면, "술을 마시고 싶지도 않았고, 멋진 생활을 바라지도 않았다." 당시의 나는 내 페이스대로 글을 계속 쓸 수 있는 돈만 있다면 충분했다고 생각했다(물론, 지금도 이 생각엔 큰 변함이 없다). 다만, 생계를 위해서는 책이 어느 정도는 팔려야겠고, 그 수준을 위해서 열심히 써야겠다는 다짐을 했을 뿐이다. 하지만, 이마저도 어쩌다 보니 부질없다는 생각이 들었다. 회사에 사직서를 제출하고, 가장 기뻤던 것은 이른 아침에 따스한 햇볕을 받으며 내가 원하는 글을 마음껏 쓸 수 있다는 단순한 사실, 그뿐이었다.

내 생각이 키보드를 두드리는 손가락을 통해 쏟아지고, 그 것들이 하얀 모니터를 까맣게 채워가는 광경을 보는 것만으로도 충분했다. 나는 쓰고 싶은 것을 마음껏 썼고, 회사를 다닐 때보다 더 일찍 일어나고, 다음 날을 위해 더 일찍 잤다. 내가 내 생활의 리듬을 통제하고, 내 하루의 주인이 된다는 사실 자체가 나를 흥분시켰다. 무엇보다도 당시의 나를 가장 벅차게 했던 것은 내게 쓰고 싶은 글을 쓸 수 있는 시간이 잔뜩 있다는 것과, 때로는 내 생각보다 빠르게 움직일 손가락을 너그럽게 받아줄 노트북이 있다는 것뿐이었다.

그러나 어찌된 영문인지, 해가 바뀌고 몇 편의 시답지 않은 소설을 쓰고 나서, 나도 모르게 사소한 것들이 주는 떨림에 무너져 버렸다. 손가락이 키보드를 두드릴 때 들리는 음악보다 아름다운 소리와 내 손가락을 데워주는 햇빛의 온기. 이 조촐한 것들이 선사하는 여운 속에서 나는 자주 눈을 감기도 하고, 하늘을 보기도 했다. 이것들은 참으로 자질구레해서, 어찌 보면 당연한 것들이었지만, 사실 언제나 나를 기쁘게 만들었다. 하지만 지난 한 달 동안의 나는 그러지 못했다. 현실적인 고민 따위를 하느라, 시간만 잔뜩 허비해버리고 만 것이다. 물론 그런 고민도 필요하긴 하지만, 긴 고민의 늪에 빠져봐야 결국 마주하는 것은 너절해진 자아밖에 없다.

교훈을 주려고 작정한 브라질 작가의 책을 든 것은 잘한 일인지도 모르겠다(역시나, 이런 고백은 쑥스럽다. 식은땀이 날 것 같다). 어제 만난 시인은 "삶이란 결국 모든 것이 실패하기 마련인데"라며, 차를 마셨다. 비관적이라면 비관적이지만, 마음을 비우고 들으면 공감 가는 말이기도 하다. 흔한 말이지만, 하루를 살았다는 것은 하루 더 죽음에 가까워졌다는 것이다. 먼 곳에서 떨어져 보면, 어떻게 살아갈 것인가 하는 문제는 결국 어떻게 죽어갈 것인가 하는 문제의 긴 동일선 위에 놓여 있다(는 말은 쑥스럽지만, 해버렸다). 그런고로, 지금이라도 어떻게 살아야 할지 고민하기 위해, 어떻게 죽어야 할지를 주제로 한 유서를 쓰려고 한다(유서는 다음 주에 공개할 예정이다. 물론, 유서가 심각하리라 생각한다면 오산이다. 이 글은 B급 막장 SF 칼럼이다).

꾸준히 쓰다

잠들다

먼저, 이 글은 세 번에 걸쳐 썼다 지웠다 다시 썼음을 밝혀
둔다. 나로서는 몹시 이례적인 일이다.

막상 유서를 쓰려고 하니 별로 상상하고 싶진 않지만, 만
약 '갑자기 세상을 떠난다면 섭섭할 일이 꽤나 있겠구나' 하
는 생각이 들었다. 썩 나쁜 인생이었다고는 할 수 없지만, 모
든 것에 만족한 인생이라고 할 수도 없다. 먼저 이대로 떠나버
린다면, 나로서도 불편한 마음이 남아 있고, 상대에게도 불편
한 마음이 남아 있을 것 같은 사람들이 몇몇 떠올랐다. 삶이
란 태어나고 자라나며 어떠한 길을 걷다가 다시 몸이 쪼그라

들며 돌아가는 것이지만, 그 길 위에서 만난 사람들과의 관계도 자못 중요한 것이라 생각한다. 누가 잘못을 했건, 어떠한 오해가 있었건 간에, 한때는 길 위에서 함께 땀과 눈물과 웃음을 흘렸던 사람들이기에 떠나기 전에 사소할지라도 마음속에 침전해 있는 앙금은 털어내고 싶었다.

그러한 이유로 명단을 작성하고, 나는 그 명단 위에 적힌 이들에게 전화를 걸었다. 한 명은 어제 만났다가 헤어진 사람처럼 태연하게 맞아줬고, 두 명은 약간 어색하긴 했지만 노력해서 반갑게 맞아줬고, 나머지 한 명은 내 번호를 삭제했는지 내 이름을 밝히고 성까지 밝히고 나서야 마지못해 기억한다는 식으로 말을 했다. 하지만 모두 전화를 끊을 무렵엔 함께 차를 마시자고 약속을 했다. 물론 어떤 약속은 지켜질 것이고, 어떤 약속은 말뿐이라는 걸 안다. 하지만 그것만으로도 괜찮았다. 그리고 오늘이 아니고선 못할 것 같아, 아버지와 어머니가 전화를 받자마자 곧장, 사랑한다고 크게 말했다. 어머니는 침착하게 "알았다"라고 하셨고, 아버지는 "카드값 때문이냐?"라고 되물으셨다. 다시 어색하게 전화를 끊었다. 한 시간이 지났고, 나는 이제야 유서를 쓰기 위해 다시 책상 앞에 앉았다.

우선 나는 일반적인 유서처럼 내 유산에 대해 쓸 생각은 없다(라기보다는 정리해야 할 유산이 없는 게 현실이다). 그러므로 (내 기준으로는) 짧았던 지난 35년의 생을 돌아보며, 행복했던 순간들에 대해 말하고자 한다. 혹시라도 당신과 나 사이에 조금이라도 일치하는 교집합이 있다면, 아래의 것들로 인해 기뻐할지도 모르겠다는 생각에서다.

1. 나의 인세는 세계 평화에 써주기 바란다(이건, 허세다).

2. 글을 쓰기 바란다.

동의하지 않는 사람도 있겠지만, 사람에게는 식욕, 성욕, 수면욕과 함께 의사소통 욕구가 있다고 생각한다. 분출할 수 있는 방법은 두 가지다. 말과 글. 하지만 말을 통해 우리는 얼마나 많은 사람들이 상처 받고, 떠나고, 의기소침한 채로 지내고, 그것이 스스로를 해치는지 알고 있다. 감정이 정리되지 않을 때 글을 써보길 바란다. 마치 지저분한 방이 청소를 하면 정리되는 것처럼, 단어를 고르고 문장을 고치는 동안 당신의 마음이 간결해지는 것을 경험할 것이다. 그 과정이 어떤 이에게는 즐거움을, 어떤 이에게는 괴로움을 줄지도 모르겠다. 하지만 이것은 자아를 마주하는 시간이다. 우리가 매일 거울을 통해 육

체를 마주하듯이, 손가락 끝을 통해 뻗어나간 당신의 자아를 마주함으로써 지금 영혼이 어느 곳으로 향하고 있는지 발견하는 시간은 당신에게나 당신 주변 사람에게나 유익할 것이다.

3. 멍하게 지내기 바란다.

나는 지금도 하루에 30분에서 한 시간 정도는 멍하니 허공을 본다. 친구가 없어서이기도 하지만, 꼭 그 때문은 아니다. 간혹 친구나 동료를 만났을 때도 함께 멍하니 허공이나 구름, 흔들리는 나무를 보기도 한다. 이 시간을 '영혼의 샤워'라 칭해왔다(유서니까 하는 말이다). 현실적인 고민과 불안은 마치 영혼의 때와 같아서 이 정신적 샤워를 매일 하지 않고서는, 뇌에 잔뜩 끼어 있는 때를 벗겨내기 어렵다(물론, 나만의 생각이다).

4. 좋은 것은 좋다고 말하기 바란다.

누군가를 인정하지 않고, 누군가를 질투하는 것은 결국 자신을 초라하게 만들 뿐이다. 좋은 것을 좋다고 말할수록, 세상엔 좋은 것들이 좀 더 생겨날 것이다.

5. 음악을 듣기 바란다.

아침엔 지하철 멈추는 소리가 시끄럽고, 낮엔 사무실의 전화벨이 천장을 들썩이며, 밤엔 경적이 도로를 요동치게 하는 걸 알고 있다. 우리 귀는 하루 종일 혹사당하고 있다. 그 때문에 아무런 소리를 듣지 않고, 귀를 쉬게 하고 해방시켜주는 시간이 필요하다. 하지만, 그렇다 해서 음악을 듣지 않는 우를 범하지 말기 바란다. 음악은 당신이 지나온 삶을 되돌려주는 시간여행의 인도자이자, 트고 갈라진 영혼의 위무자이자, 같은 말을 반복하지만 매번 근사한 친구가 될 것이다. 최근에는 '시와 바람'이란 밴드의 음악이 괜찮다는 말을 들었다(내가 속한 밴드라 하는 말은 아니다).

6. 돈은 적게 벌기 바란다.

무슨 악담이냐 싶겠지만, 솔직히 말해 떠나는 마당인데 무슨 말인들 못하겠냐는 심정이다. 나는 청소년기에 호텔에서 오래 지내기도 했고, 청년기에는 라면만 반년 가까이 먹기도 했다. 사도 바울의 표현을 빌리자면, 이를 통해 부와 빈곤에 처하는 일체의 비결을 배운 것 같다. 돌이켜보니, 지나친 가난은 삶과 건강을 곤란하게 만들었지만, 약간의 가난은 오히려 영혼의 풍요를 가져다준 것 같다. 인생의 그래프에서 보자면 지금의 나는 약간 가난한 상태에 있다. 하지만 충분히 만족하고 있다. 필요 이상의 돈이 있었을 때, 필요 이상의 갈등이 있었던 것 같다(이해해라. 유서다).

이제 겨우 서른다섯 살 된 내가 어쭙잖게 이런저런 말을 늘어놓아 미안하다. 갑자기 재산이 늘어나 유산 문제를 잔뜩 기술하지 않는 한, 아마 이런 글을 남기는 경우는 거의 없을 것이다.

그리고 혹시 나를 기억해줄 일이 있다면, 내가 써야 할 것을 꾸준히 써냈던 글쟁이로 기억해주길 바란다. 나는 순간의 천재적 영감보다는 지겨울 정도로 꾸준함의 힘을 믿는 사람이다. 그렇기에 나를 꾸준한 사람으로 기억해주는 것이 당신이 내게 해줄 수 있는 가장 값진 선물이다.

2011년 6월 17일

추신: 유서는 1년마다 고쳐 쓰는 게 좋을 것 같다. 언제 내가 삶의 방향을 바꿀지 모르기 때문이다.■

■ 이래놓고, 고치지 않았습니다. 그냥, 편하게 살기로 했거든요.

산다는 것은
            잃을 수밖에 없는 쓸쓸한 일

가을이다. 당연한 이야기지만, 낙엽이 진다. 역시 당연한 말
이지만, 낙엽이 진다는 것은 잎이 생을 다했다는 것이고, 나무
가 몸의 일부를 잃어간다는 것이다. 아름답다면 아름답다 할
수 있지만, 쓸쓸하다면 쓸쓸한 풍경이다. 이건 어디까지나 개
인적인 이야기지만, 가을이 되면 잃어버렸던 것들이 떠오른다.
나무가 잎을 떨어뜨리듯이, 유독 가을에 많은 사람들을 잃었
다. 친구가 외국으로 떠나고, 연인이 유통기한이 다 됐다는 듯
관계에 종지부를 찍고, 나를 아껴주던 사람들이 이 세상에서
영원히 떠나버린 계절이 바로 가을이었다. 나로서도 이제 이러
한 이별에 익숙해져, 산다는 건 그저 이런 일들을 묵묵히 견

더내야 하는 것이구나 하고 생각했다. 이렇게 나이를 먹어가는구나 하고 생각할 뿐이다. 물론, 이런 식으로 잃어버린 사람들의 이야기를 하자면 끝이 없고, 고인이건 살아 있는 사람이건 원치 않는 이야기를 하는 건 실례가 될 테니, 약간 다른 이야기를 해보려 한다.

내가 자란 고향에는 '아카데미'란 이름의 극장이 있었다. 언제 생겼는지는 알 수 없지만, 단일 개봉관이었는데 무지 컸다. 어느 정도였냐면 영화관에는 언제나 '경북 최대 상영관'이란 글자가 큼직하게 붙어 있었다. 게다가 어릴 적이니 앞자리에 앉으면 화면이 너무 커 고개를 좌우로 돌리며 볼 정도였다. 당시의 한국영화란 알다시피 〈어우동〉이나 〈뼈와 살이 타는 밤〉 유의 낯 뜨거운 영화 일색이었다. 따라서 내가 볼 수 있는 건 외화밖에 없었다. 물론, 〈우뢰매〉나 〈영구와 땡칠이〉 같은 어린이 영화가 있었다. 하지만, 신체는 초등학생이지만 정신은 이미 성숙했다고 착각했던 나였기에, 의도적으로 어린이 영화를 거부하고 있었다.

그리하여, 그 극장에서 처음 본 영화는 〈원스 어폰 어 타임 인 아메리카〉였다. 갱스터 무비를 무척 좋아한 아버지가 영화관에 들어가며 나도 데리고 간 덕에 봤다. 1984년이었으니, 초등학교 2학년 때였다. 어째서 초등학교 2학년 때 본 영화를 제목까지 기억하고 있느냐면, 당시의 내 기억으로는 너무 야해서 충격을 받았기 때문이다. 리무진 뒷좌석에서 여배우의 옷을 벗기던 로버트 드 니로와, 대담하게도 전라의 뒷모습을 보여준 제니퍼 코넬리는 초등학생인 나를 좀 더 일찍 성인의 세계로 이끌었다. 그 후 본 영화는 갱 영화사상 가장 많은 등장인물이 총에 맞아 죽은 걸로 기록된 〈스카페이스〉였으니, 나는 '이 컴컴한 공간은 완벽히 다른 세계구나!' 하고 느꼈다. 이런 연유 탓인지, 그때는 초등학생이 혼자서 극장에 간다는 것은 상당히 불량스러운 행위로 간주되어, 우리에게 허락된 예술의 범위라봐야 절망스럽게도 진정 〈영구와 땡칠이〉 정도였기에, 나는 중학교에 입학할 때까지 그 컴컴하고 숨가쁘게 돌아가는 세계로의 재진입을 인내심 있게 기다릴 수밖에 없었다.

그러므로 중학생의 상징인 까까머리와 삼천리 자전거를 획득한 날, 친구들과 나는 당연한 듯 아카데미 극장으로 몰려갔다. 우리는 콘돔 자판기가 설치된 극장 화장실에서 개인 소변기조차 없는 노란 페인트칠해진 소변대 벽에 서서 누구의 오줌발이 더 센지 겨뤘다. 벽의 가장 높은 곳을 적신 녀석은 매점에서 사이다를 얻어 마시기 마련이었고, 고등학교에 진학하고 나선 그 메뉴가 맥주로 바뀌었다. 고등학생이 되고 나선 중학시절 성장의 상징이었던 삼천리와 코렉스 자전거 따위는 타지 않게 되었고, 7cm도 되지 않는 앞머리를 옆으로 넘기며 주윤발처럼 성냥개비를 입에 잘근거린 채 휴게실에서 만났다. 휴게실에는 언제나 큼직한 TV가 있었다. 그리고 초등학생 땐 나를 내쫓고, 중학생 땐 인사를 받아주던 매표소 아저씨가 이젠 고등학생이 되었다고 가끔씩은 공짜 영화를 보여주기도 했다. 나와 친구는 언제나 2층 첫째 자리에 터를 잡아 시멘트로 쌓아놓은 추락방지턱에 발을 올려놓고 영화를 봤다. 〈복성고조〉를 봤고, 〈용형호제〉를 봤고, 〈로보캅〉을 봤고, 〈람보〉를 봤고, 〈록키〉를 봤다. 그리고 〈결혼 이야기〉나, 〈투캅스〉 같은 한국영화들이 개봉관에 걸릴 만한 즈음, 그 극장바닥을 끈적거리게 만들었던 것이 우리가 흘린 맥주였다는 사실을 깨달았다.

영화가 시작되기 전엔 언제나 '무슨무슨 안경점', '○○제과점', '△△교복사' 등의 광고가 나왔고, 영화가 시작되고 십 분정도 지나면 "창수야, 어디고?", "어, 내 여(기) 있다" 따위의 소리가 들려왔다. 이제 영화를 봐야지 싶으면, 남자는 "죄송합니다. 죄송합니다" 소리를 내며 홍해를 가르듯 가운데를 지나고, 그 탓에 파도가 출렁이듯 관객석에선 '아, 거참', '어유' 같은 야유가 쏟아지고, 그 파도를 일으키고 도착한 친구는 "니와 한가운데 앉아 있노?"라는 뻔한 소리를 내뱉기 마련이었고, 그러면 친구는 "가운데가 잘 보인다 아이가" 같은 역시 뻔한 대답을 늘어놓았다.

언제나, 이런 대화를 한바탕 들은 후에야 영화를 볼 수 있었다. 영화를 보는 중간에 영사기 화면을 가득 채운 손으로 만든 새 그림자가 몇 번 지나가고, 어디선가 콘돔에 바람이 잔뜩 들어간 풍선이 몇 번 떠오른 뒤에야 영화는 끝이 났다. 처음에야 그런 풍경이 신기했고, 조금 지나서는 성가셨지만, 어느 순간이 지나니 그런 풍경은 그야말로 영화를 감상하는 데 필요한 일종의 조건처럼 자리 잡고 말았다. 그야말로 익숙해져버린 것이다. 어쨌든, 그곳에서 무수한 영화를 보며 어른 세계의 음모와 배신, 정치와 협잡, 애정과 증오를 배웠으며, 사교와 예절도 배웠다. 그 이름처럼 아카데미 극장은 내게 '아카데미'한 역할을 했다.

그렇게 해서 지금까지 군복무 시절을 제외하고는 일주일에

한 편 정도 영화를 꼬박꼬박 봐왔다. 물론 나는 고향을 떠나 서울로 올라왔고, 대한극장과 피카디리 극장, 단성사에서 영화를 보고 나서, 고향에 돌아가 보니 그 거대했던 극장은 정말이지 초라해 보였다. 마치 유년시절에 거대했던 아버지의 뒷모습이 늙어서 쪼그라든 기분이었다.

그 뒤에도 꾸준히 영화를 보긴 했다. 멀티플렉스 상영관에서 봤고, 대학로와 광화문의 예술상영관에서 봤고, 미국과 일본, 캐나다 등지의 극장에서 영화를 보며 자연스레 아카데미는 점점 잊혀갔다. 간혹, 아주 간혹, 아카데미에 갈겨놓은 오줌발이 생각나곤 했지만, 잠시였다. 역시 가끔, 토요일 오후에 극장으로 달려가며 맞았던 바람이 느껴졌지만, 시간은 끝없이 바뀌는 전자시계의 숫자처럼 추억을 사라지게 만들었다.

올해 초, 성장소설을 한 편 써야겠다고 다짐하고 고향을 찾았다. 실은 그 극장에 가고 싶은 마음도 얼마쯤 있었다. KTX를 타고 고향으로 내려가는 동안, 빠르게 과거 속으로 들어가는 타임머신을 탄 기분이었다. 친구들을 만났고, 술을 몇 잔 마셨고, 추억을 안주 삼기도 했고, 사는 이야기를 안주 삼기도 했다. 자리는 즐거웠고, 친구는 집에서 재워주겠다고 했지만 나는 어쩐지 조금 걷고 싶었다고 했다. 청승맞게도 아카데미

앞에 혼자서 가보고 싶었다. 어쩐지 잊고 지냈던 은사에게 뒤늦게 찾아가는 졸업생 같은 기분이 들었다. 그리고 극장 앞에 도착했을 때, 나는 한참을 멍하니 서 있을 수밖에 없었다. 4월의 밤바람은 꽤나 쓸쓸하게 불어왔다. 아카데미였던 그 건물에는 '스팟 나이트클럽'이라는 간판이 초라하게 붙어 있었다. 그때 보니 건물은 턱없이 작아 보였다.

산다는 것은 쓸쓸한 일이기도 하다.

반복의

매력

가끔 한 장면도 버릴 게 없는 영화를 보거나, 한 단어도 버
릴 게 없는 소설을 읽게 된다. 이런 경험은 크나큰 행운이라
생각한다. 어디까지나 개인적인 향유 방식이긴 하지만, 이런
영화나 소설을 만나면 그 배경까지 꼼꼼히 챙겨본다. 가령 감
명 깊게 읽은 소설에 음악이 여러 곡 등장하면 메모지에 꼼
꼼히 옮겨 적어놓은 다음, 그 음반들을 하나하나 구해서 듣는
다. 그러면 '역시 이래서 그 장면에 이 음악이 쓰였군' 하며 감
탄할 수밖에 없다. 페이지마다 얌전하게 내려앉은 활자들이
생명력을 부여받아 귓가에서 춤을 추는 기분이다.

20대 후반과 30대 초반의 나는 거의 목을 매다시피 여행을 갈구했다. 따라서 평소엔 여행 갈 형편이 되기만 기다렸는데, 이때에도 자연히 여행의 목적지는 감명깊게 본 영화나 책의 배경지였다. 오랫동안 마음속에 연모의 정을 간직하고 떠나니, 홋카이도의 호타루에서는 〈러브레터〉가 되살아나고, 카프리 섬에선 망명한 파블로 네루다의 시상詩想이, 뉴욕에서는 〈가을날의 동화〉에서 가난한 택시 기사였던 주윤발의 값없는 웃음이, 또 〈뉴욕의 가을〉에서 리처드 기어와 위노나 라이더가 함께 발을 처음 내디뎠던 산책의 설렘이 떠오르곤 했다. 그렇다 해서 내가 파블로 네루다나, 리처드 기어, 혹은 주윤발이 되는 건 물론 아니지만, 그때의 기쁨들이 가슴 한구석에서 소소하게 되살아나는 건 어쩔 수 없는 일이다.

그렇기에 나도 소설을 쓸 때, 혹시나 나 같은 독자가 있을까 싶어서 여러 번 읽으면서 감흥을 느낄 수 있도록 쓰는 편이다. 물론 처음에야 스토리가 궁금해서 서사 위주로 읽겠지만, 두 번째, (혹 가능하다면) 세 번째엔 그 배경으로 쓰이는 '장소, 풍경, 정취, 음악, 시, 소설, 영화' 등에 관심을 가져주기 바라는 마음으로 쓴다.

사실, 취향을 나눈다는 것은 굉장히 내밀하고 은밀한 고백이다. 그 안에 한 사람의 세계관과 철학, 혹은 삶의 역사가 담겨 있기 때문이다. 그러므로 나는 사적이건, 공적이건, 직접 얼굴을 마주한 자리에서는 가급적이면 취향을 고백하는 우는 범하지 않으려 한다. 간혹 취향의 충돌이 가치관과 세계관의 충돌로 번지기도 한다는 것을 경험칙으로 알고 있기 때문이다. 그렇기에 혼자 만끽하기에 아까운 것은 소설 속 주인공이라는 분신을 빌려 어떤 장소, 음식, 책, 노래 따위를 권한다. 어차피 소설이라는 것은 허구의 산물이기에 이에 대해서 심각해질 필요가 없고, 나로서도, 독자로서도 부담이 없다. 따라서 작가의 입장에서도 담백하게 권해볼 수 있다.

비슷한 말이긴 하지만, 나는 흡족할 정도로 마음에 드는 작품은 여러 번을 반복해서 즐긴다. 그것이 영화든, 소설이든, 시든 차별 없이 똑같이 적용한다. 집에 아무도 없어 사람의 소리가 고플 때엔 영화 〈봄날은 간다〉나 〈냉정과 열정 사이〉를 틀어놓는다. 영화를 보기 위해서가 아니라, 그냥 그 안에서 흘러나오는 바람 소리, 눈 쌓이는 소리, 대사를 읊는 주인공의 목소리를 듣기 위해서다. 아무 장면이라도 상관없다. 그저 주인공들이 눈을 밟을 때 들리는 '뽀득'거리는 소리나, 헤어진 연인과 재회한 장면에서 나오는 목청의 울림만으로도 충분하다.

마음에 드는 음악을 오랜 세월에 걸쳐 반복해서 듣는 것처럼, 마음에 드는 책 역시 오랜 세월에 걸쳐 반복해 읽는다. 처음엔 보컬을 따라 들으며 가사를 이해하고 다음엔 기타를 들으며 울림을 전해 받고, 그 다음엔 베이스와 드럼을 따라 심장을 박동케 하듯, 책 역시 처음엔 이야기를 읽고, 다음엔 문장을 읽고, 그 다음엔 구조를 읽고, 마지막엔 작가가 숨겨놓은 '거대한 취향의 안내서'까지 읽는다. 물론, 한 번에 이 모든 것을 다 읽을 수도 있지만, 아무래도 여러 번에 걸쳐서 이렇게 꼼꼼히 읽는 재미에 비할 순 없다. 책과 영화 역시 음악처럼 여러 번 반복하지 않고서는 느낄 수 없는 요소들이 곳곳에 기다리고 있기 때문이다. 그 발견의 순간엔, 마치 영화의 장면이나 소설의 문장들이 '이제야 나를 알아보는군' 하고 젠체하며 미소 짓는 듯하다. 물론 그 잘난 체하는 미소는 거부감이 들지 않을 정도라, 내 쪽에서도 가능하다면 웃음으로 답해주고 싶을 정도다.

그러므로, 소설을 쓸 때도 혹시나 나 같은 독자가 있을까 싶어, 읽고 또 읽을 수 있는 소설이 되기 위해 쓴다. 한 번이라도 제대로 읽힐지는 모르겠지만 말이다.

노벨문학상에 대하여 1
— 스웨덴 왕립아카데미는 들어라

오늘 아침 눈을 뜨자마자 긴박하게 옷장을 열었다. 그리고 몹시 좌절했다. 나는 노벨문학상 시상식에 입고 갈 옷이 없는 것이다.

서둘러 옷을 찾게 된 이유는 아무래도 내가 노벨문학상을 받게 될 가능성이 점점 짙어지고 있기 때문이다. 이유는 네 가지다.

1. 나는 한국 국적을 가지고 있다.
비록 중국인처럼 생겼다는 말을 무수히 듣기는 했지만, 서류상으로는 한국인임이 확실하다. 중요한 것은 외모상이 아니라, 서류상이라는 것이다. 노벨상은 취지가 노벨의 유언을 기리기 위해서다. 스웨덴 왕립과학 아카데미는 노벨의 유언이 "인류의 복지에 구체적으로 공헌한 사람에게 '나누어주도록'"이었단 사실을 잊지 말아야 한다. 어째서 미국과 유럽만 인류의 복지에 공헌했는가. 말 많은 남미 대륙이 쉬지 않고 들썩이니 남미에 몇 개 주긴 했지만, 이러지 말기 바란다. 나도 마음만 먹으면 아웃사이더보다 빠른 속도로 왕립과학 아카데미 앞에서 계속 떠들 수 있다.

2. 나는 스웨덴을 사랑한다.

이때껏 30여 개국이 넘는 나라를 다니며 욕을 하고 험담을 하고 때론 노상방뇨를 했지만, 유독 스웨덴에 대해서만은 어떠한 불평도 하지 않았다. 스웨덴 출신인 에릭손 감독이 잉글랜드 축구팀 감독으로서 엉망의 성적을 낼 때도, 사람들이 볼보가 튼튼하기만 했지 멋은 없다고 할 때도 나는 스웨덴에 대해 불만을 품은 적이 없다. 스웨덴 왕립과학 아카데미는 유독 내가 스웨덴에 관해서만 관대했다는 사실에 주목해주기 바란다.

3. 나는 30대 작가이다.

(이건 어디까지나 개인적인 의견이지만,) 현재 노벨문학상은 너무 노쇠했다. 주로 60대 이상의 작가들에게 상을 수여하다 보니 그런 것 같다. 아무래도 이들의 작품은 회고적 성격이 강하기 마련이다. 물론, 반추하고 반성하는 것도 순기능의 역할을 하지만, 이제는 충분하다. 세계문학은 반세기 이상을 회의하고 반성했다. 이러다가 왜 태어났는지에 대해서도 회의할 지경이다. 그러므로 이제 젊은 작가들이 지향하는 미래, 희망, 설렘, 기대 등의 화두에 주목할 필요가 있다. 게다가 뜬금없는 기대를 품게 하는 것이 나의 주 분야다.

4. 나는 똥개그 문학을 지향한다.

현재 세계문학의 흐름은 지나친 엄숙주의에 빠져 있다. 이건 모두 노벨문학상이 무게를 잔뜩 잡은 작품에 상을 계속 주기 때문이다. 독자는 수상작을 이해하지 못해 자괴감에 빠지고 있고, 이는 '인류복지에 공헌한 사람'보다는 '인류의 자괴감에 공헌한 사람'에게 상을 주는 아이러니를 낳고 있다. 누구나 이해하고, 공감하고, 비웃고, '이까짓 거 나도 쓸 수 있다'하는 만만한 글이 진정 인류의 복지에 공헌하는 것이다. 군림하는 것은 어렵다. 하지만, 용기를 주는 것은 더 어렵다. 스웨

덴 왕립과학 아카데미는 나의 이러한 희생적 글쓰기의 자세를 지금이라도 주목하기 바란다.

하지만 현실적으로 아쉬운 점이 있는데, 그것은 내 발표작이 아직 단편소설 한 편밖에 없다는 사실이다. 게다가 이 작품은 한글로 쓴 것이라 이상 이야기한 요소들이 반영되기에는 한참의 시간이 걸릴 전망이다(혹은 반영되지 않을 전망이다). 실로 안타까운 현실이 아닐 수 없다.∎

■   이후 장편소설 3권, 소설집 2권, 에세이 3권, 총 8권의 책을 냈으나, 바뀐 건 아무것도 없습니다. 쩝.

노벨문학상에 대하여 2
― 나는 꿈에서도 옷이 없다

나는 오늘 아침 식은땀을 흘리며 일어났다. 서둘러 옷장을 열어 확인했다.

그러고선 또 낙담했다. 나는 여전히 노벨문학상 시상식에 입고 갈 옷이 없는 것이다.

(2주가 지나고 있는데도 말이다).

이러한 이유는 다름 아닌 간밤에 꾼 꿈 때문이다. 어쩌다 보니, 나는 46세의 소설가가 되어 있었다. 꿈속에서 나는 페루에서 귀화한 소설가 '슈퍼마리오 바르가스 최 요사스'였는데, 콧수염을 17세기 남작처럼 기르고 붉은 악마 티셔츠를 입고 있었다. 어째서 세기의 문학가가 붉은 악마 티셔츠와 이마트 반바지를 입고 있을까. 당연히 꿈속이니, 이런 것에 대한 영문을 알 리 없다. 아내에게 물어봐도, 아내는 관심을 보이지 않는다. 극심한 우울증을 겪고 있어, 내 패션 스타일에까지 신경 써줄 여유가 없기 때문이다. 이런 아내가 그나마 우울감을 떨쳐낼 때가 있으니, 그건 바로 인터넷 쇼핑을 할 때.

이런 이유로, 아내는 날마다 세계 각지에서 국자, 주걱, 숟가락, 포크 등의 주방용품을 사들인다. 서재에는 냉장고만 한 슈퍼컴퓨터에 열 대의 모니터가 연결돼 있고, 각 모니터에서는 아마존, 이베이, 야후 재팬, 옥션 따위의 쇼핑몰들이 국자와 포크를 전시하며 바쁘게 움직이고 있다. 게다가 고교생 아들은 극심한 본드 중독자로, 걸핏하면 까만 봉지를 입에 붙이고 다닌다. 나는 아들을 달래고 으르고 회유하고 사정하고 애원해보지만, 그 역시 미동조차 하지 않는다. 어찌 된 영문인지 아내는 이집트에서 사들인 국자로 정성스레 본드를 풀어 까만 봉지에 담아주기까지 한다. 그리고 모자는 절대 일제 순간접착제만은 쓰지 않겠다는 약속을 나눈다. 일제 강력접착제는 접착력이 너무 강해 봉투에 푸는 순간 봉투가 붙어버려 도무지 향을 느낄 틈이 없다며. 나는 이 기이한 상황을 문학적으로 극복하기 위해 이마트 반바지를 입고 책상에 앉지만, 본드에 잔뜩 취한 아들이 방문을 덜컥 열고 "이 맛에 삽니다"라고 외쳐대는 바람에 도무지 글을 쓰지 못한다.

이래저래 머리가 지끈한 상황에서 전화를 한 통 받았다. 설렘이 있는 벨 소리가 마치 먼 곳에서 걸려왔다는 듯이 힘겹게 울려댄다. 전화를 받으니 상대 쪽에선 "!@#1233TK$#$%18%&*(9e8q6e8r6%#$*&"라고 말했다. 순간 나는 직감했다. 스웨덴이다. 스웨덴의 왕립과학 아카데미인 것이다. 저쪽에선 강한 스웨덴 억양으로 '콩구레추레이션 미스터 슈퍼 마리오… 최 요사스'라고 말하고, 나는 굵은 저음으로 "스웨덴 이즈 킹 오브 더 월드"라고 말하고 전화를 끊는다.

그리고 옷장을 열고선 경악을 한다. 꿈속의 나는 오로지 붉은 악마 반팔셔츠와 이마트 반바지만 입게 돼 있는 것이다. 마치 배트맨의 옷장처럼, 내 옷장엔 붉은 악마 셔츠와 이마트 반바지밖에 없다. 옷장의 남는 공간에 죄다 주걱, 뒤집개, 거품기, 과일용 포크, 고기집게 등이 가득하다. 나는 비명을 지르다 깨어났다.

그리고 서둘러 옷장을 열어보았다. 그렇다. 내게는 노벨문학상 시상식에 입고 갈 옷이 여전히 없는 것이다. 이래선 안 된다. 서둘러 인터넷 쇼핑몰에 가서 '상품 찜하기'를 해놓아야 한다. 종종 가는 '클릭만 하면 당신은 간지남' 쇼핑몰에 문학적인 네이비 원버튼 재킷이 있었다. 참 다행이다. 그러나 언제 이 옷을 살 수 있을지는 영원한 미지수다(나는 여전히 가난하다).

노벨문학상에 대하여 3
— 슈트와 로고

3주간에 걸쳐 계속 노벨문학상에 대해 이야기하고 있다. 나는 점점 더 집요한 인간이 돼가고 있다.

얼마 전 TV에서 히말라야 정상을 등반하는 등반가의 모습을 보았는데, 그의 점퍼에는 그 산악인을 후원하는 대학, 기업, 단체의 로고가 잔뜩 박혀 있었다. 그러다 나도 번뜩 생각이 들었다. 만약 노벨문학상을 받게 된다면, 그날의 내가 있기까지 후원해주셨던 모든 분들의 로고와 이름이 재봉된 슈트(물론, 클릭만 하면 간지남이 되는 '구마신공' 슈트)를 입고 시상식에 나가는 것이다.

그 명단은 다음과 같다. 형제 세탁소, 동광 한의원, 뷰티플 렉스 망원점 김 사장(이름을 모른다), 잠원동 이재욱 씨(사촌형이다), 비둘기 할인마트, 일산 헤세드 미용실, 합정동 커피 발전소 등등. 정말 등등이다. 미처 다 적지 못했지만, 섭섭해할 필요는 없다. (아시겠지만, 내가 노벨문학상을 수상할 확률은 급격히 상승한 현재, 1억 분의 1 정도에 미치고 있다.)

어찌됐든 산악인의 입장에서는 히말라야에 오르기까지 무수한 분들의 도움이 없었다면 불가능했을 것이다. 그렇다면 그것은 '혼자만의 등반'이 아닌 보이지 않는 손이 밀어주고 당겨주는 '모두와의 등반'인 것이다. 비록 가능성은 유인촌이 친절공무원상을 수상할 확률만큼 희박하지만, 나 역시 노벨문학상이라는 큰 산에 오르기까지 세탁소와 한의원과 동네 할인마트의 도움과 아버지의 지속적인 외면이 없었다면 불가능했을 것이다(예술을 함에 있어, 부모가 간섭하지 않는다는 것은 실로 대단한 힘이 된다. 특히 가난한 예술가일수록). 그렇기에 산악인이 등산복에 로고를 다는 것처럼, 문학인이 슈트에 로고를 다는 것은 나로선 이상할 바가 없다.

그러나 이런 이야기를 하자, 주위의 비아냥거림과 치열한 방해공작에 부딪혔다. '간접광고가 되기 때문에 안 된다'고 하는 의견과 동네 세탁소 같은 '민간 영세업체에 로고 따위가 있을 리 만무하다'는 현실적인 조언들이 빗발쳤다. 놀라운 것은 이런 이야기가 진행되는 동안, 우리 사이엔 마치 '내가 지금 당장 노벨문학상을 타러 스톡홀름으로 날아가야 할 것 같은' 기이한 분위기가 형성됐다는 것이다. 그러다 보니 나도 '거. 참. 이거 큰일이군…' 하며 고민에 빠져, 내가 후보자가 될 리조차 없다는 현실을 망각해버렸다.

역시 상상의 나래란 돈이 들지 않는 것이라, 실로 무책임하기 짝이 없다.

그나저나, 누가 한 번 이렇게 시상식에 나타난다면 좋을 텐데….

지금의 문학상 시상식은 마치 한 달 된 바게트 빵처럼 딱딱하니까 말이다.

(그래도 준다면, 물론 후다닥 달려가 받는다. 나는 여전히 비굴하니까.)

고독에
　　　대하여

　　오늘은 영화 〈봄날은 간다〉의 O.S.T를 듣고 있다. 지금은 지
독한 장마기간이고, 마침 듣고 있는 곡이 〈One Fine Spring
Day〉란 곡이어서 그런지, 청량한 햇살이 솜털까지 데워주는
봄날이 그립다. 누구나 자신에게 없는 것, 즉 결핍이 그리움의
대상이듯, 오늘은 내게 없는 것에 대해 말하려 한다.

　　애인이 없다. 친구가 없다. 돈이 없다. 명성이 없다. 명예도
없다. 건강도 출중한 편이 아니다. 아뿔싸. 이런 식으로 쓰다
보면 아마존의 삼림과 중국의 거목들을 모두 베어내도 지면
이 모자랄 거란 사실을 쓰면서 깨달았다. 그래서 있는 걸 말

하겠다. 나는 시간이 많다. 아뿔싸. 끝이다. 아마 나란 인간의 소유와 미소유를 대차대조표로 작성하기 위해 각각 한 명씩 업무를 맡는다면, 아무래도 소유 쪽의 일을 맡은 사람은 한 문장을 쓴 뒤 내내 무료함과 싸워야 할 것이고, 미소유 쪽의 일을 맡은 사람은 평생을 툴툴거리며 분주함과 싸워야 할 것이다. 길게 돌아왔다. 종합하자면, 나는 가진 게 시간밖에 없는 사람이다. 그래서 오늘은 〈봄날은 간다〉의 O.S.T를 서른두 번째 듣고 있다.

그러다 문득 깨달은 사실이 있는데, 없는 것과 가진 것이 일치하는 항목이 있다. 그것은 바로 고독이다. 고독은 관계의 결핍에서 오는 산물이며, 동시에 자아와 마주하는 시간의 산물이다. 고로 고독은 없는 것이자, 있는 것이다. 낙엽이 떨어지지 않아도, 겨울의 찬바람이 불지 않아도, 장마철의 빗방울이 가난한 처마 밑에 주르륵 떨어지지 않아도, 나와 고독은 피부처럼 맞닿아 있다. 쇼펜하우어에 의하면 인간이란 모두 '인생이란 섬에 유배를 온 존재'들이며, 소설가 박경리에 의하면 '작가란 태생적으로 고독한 존재'이다. 이에 최인호 선생도 비슷한 말로 거들었는데, 아마 '작가란 스스로의 고독과 자유를 지킬 줄 알아야 한다'는 유의 말이었던 것 같다. 다들 참으로

외롭게 살아가는구나, 하고 느낀다.

나도 최근에 매일 혼자서 글을 쓰는 것에 지쳐서 석 달 정도 작가들 합숙소에서 함께 글을 써보았다. 같은 길 위의 유랑자들과 인사를 하고 악수를 하고 찻잔도 함께 기울이는 일은 즐거운 일이지만, 글을 쓴다는 것은 기본적으로 혼자만의 동굴로 들어가지 않고선 불가능하다. 고로, 그 석 달 동안의 시간은 즐거웠지만 어쩔 수 없이 다시 나만의 동굴로 돌아왔다. 이곳에 있어야 내면의 소리를 듣고, 내가 쓰고자 하는 글에 귀 기울이고, 내가 쓰고자 하는 삶에 발길을 돌릴 수 있기 때문이다.

쓴다는 게 참으로 고독하구나, 하고 느끼고 있다.

이게 모두 〈봄날은 간다〉의 O.S.T 때문이다.
다, 장마 때문이다. 어쩌면, 이영애의 변덕 때문이다.

아니, 우리 모두가 인간이기 때문이다.

이태원

잉글리시

최근에 알게 된 후배 녀석 한 명은 아직도 학부생이다. 입
만 열면 토익 성적이 오르지 않는다고 신세타령이다. 그런데
공부를 하지 않는 것도 아니고, 새벽부터 일어나 학원으로 꾸
역꾸역 나가는 걸 보면, 나로서도 참으로 안타깝다는 생각이
든다.

나도 학창시절엔 외국어 공부에 시간을 꽤 많이 쏟아부었
다. 학부시절에 미국에서 잠시 학교를 다니기도 하고, 핑계이
긴 했지만 일본에 어학연수랍시고 가서 (맥주를 잔뜩 마시다가
간혹) 일본어 공부를 하기도 했다. 어느 날 뒤돌아보니, 내 청
춘의 눈동자는 단어장에, 귀는 어학 테이프에, 입은 문장 암기

에 잠식당한 것이었다. 억울하기 그지없었다. 그런 기억 탓인
지, 최근에는 '언어식민주의'나 '문화제국주의' 따위를 주제 삼
아 단편소설을 두 편 쓰기도 했다. 한 편은 〈부산말로는 할 수
없었던 이방인 부르스의 말로〉란 제목으로 발표를 했고, 다른
한 편은 아무래도 별로인 것 같아서 발표를 미루고 있다(토익
성적표가 없어서 킬러가 된다는 이야기다).

소설가가 되기 전에는 국제 구호기관에서 일한 탓에, 영어
는 대학을 졸업하고서도 뗄 수 없는 혹처럼 내 일상에 달라
붙어 있었다. 지금이야 영어를 쓸 일이 없어서 오히려 외화를
찾아보는 형편이 되었지만, 학생 때나 직장 다닐 때는 스트레
스가 상당했다.

어쨌거나, 예전에 이 글의 성격은 'SF 막장 에세이'라고 한
적이 있고, 그간 그에 걸맞은 글을 쓰지 못해 후회하고 있었
던 참에, 오늘은 영어 때문에 했던 공상을 잠시 소개하도록
하겠다. 나는 소설가이고, 소설가란 무릇 거짓말을 직업적으
로 하는 사람이기에 짧막한 'SF 막장소설'쯤으로 생각하고 읽
으면 되겠다.

지구에서 300억 광년 떨어진 곳. 우주 정복의 야욕을 야금
야금 실현해가며 우주에서 가장 탐스런 지구를 노리는 별이

있었으니, 이는 바로 무쏘보무쏘보 행성이었다. 이들은 실로 막강한 군사력을 보유하고 있었으나 지구를 정복하여 통제하기에 한 가지 장애가 가로막고 있었으니, 그것은 바로 언어였다. 다른 별에서는 모두 하나의 언어를 사용하고 있었으나, 유독 지구에선 자기들끼리도 의사소통할 수 없는 기이한 일이 벌어지고 있었다. 그리하여 이들은 연구에 착수했다. 그 결과, 여러 언어로 나뉜 아프리카 부족들이 영국과 프랑스의 식민 지배를 받으며 오히려 영어권 국가와 프랑스어 국가로 나뉘어졌다는 기묘한 현상을 발견했다. 그리하여 전 지구를 하나로 묶을 언어를 찾던 중, 우선적으로 가장 많은 지구인들이 사용한다는 중국어를 시험해보았다. 그러나 문제는 외계인들의 고막이 무척 예민하다는 점. 전 지구인이 중국어를 사용할 경우, 데시벨이 너무 높아 외계인들은 고막이 터질 수도 있다고 결론 내렸다. 하여, 영어를 지구 정복에 필요한 최종 언어로 정했다.

세월은 흐르고 흘러 결국 이들은 ETS(토익, 토플 등을 관장하는 단체)를 설립, 이를 통해 전 지구인들이 영어시험을 처러야 한다는 프로파간다를 확산시킨다. 각 인종으로 변한 외계인들은 각국의 대학, 기업체, 관공서에서 공인 영어 성적표가 있어야 진학, 취업, 승진이 가능하다는 사회적 합의를 퍼트리고, 영어권 국가의 지구인들은 이에 편승하여 영어를 널리 퍼트리고, 비 영어권 국가의 지구인들은 영어에 목을 매기 시작한다. 심지어 토익 900점을 받지 못해 위조 성적표를 사고파는 일이 일어나고, 영어성적을 비관해 자살하는 학생들이 생기는 등, 이들의 야욕은 점차 실현되는 듯 보였다.

그러나 이들의 계획과는 전혀 상관없는 일이 이태원에서 발생하는데 그건 바로 '원 달라 투 티셔츠' 운동이다. 이른바 생존에 필요한 영어는 '원 달라 투 티셔츠' 정도면 충분하다는 것인데, 이태원에 방문한 중동, 아프리카, 동남아시아 인들이 이태원 잉글리시의 간결함과 효율성에 매료되어, 이 기이한 이태원 잉글리시는 전 지구적으로 퍼지게 된다. 물론, ETS는 몹시 당황하게 된다. 아니나 다를까 심지어 국제회의 석상에서도 G7 정상들이 원 달라 투 티셔츠 협정에 조인하고, 이태원 잉글리시 식의 간결한 영어를 구사하며 손짓 발짓으로 의사소통하기 시작한다. 이에 각 기업체와 관공서는 '이태원 잉글리시 인증 성적'을 요구하기에 이른다. 문제는 무쏘보무쏘보 행성의 외계인들이 이태원 잉글리시의 발음과 뜻을 전혀 이해할 수 없다는 것이다. 그래서 이들은 지구를 정복하기 위해서 이태원에 잠입, 케밥 장수, 용무늬 티셔츠 장수, 멕시코 목걸

이 장수 등으로 위장하여 이태원 잉글리시 어학연수를 오기에 이른다. 지구 정복의 야욕을 달성하기 위해 이들은 오늘도 자신들의 버터발린 발음을 지우고자 이태원에서 외친다. 원 달라 투 티셔츠. 원 싸우전드원 포 원 케밥.

그러다 이들은 불법 체류자란 신분이 탄로나, 대한민국 정부로부터 추방 명령을 받는다. 그러나 이들은 돌아갈 곳이 없다. 무쏘보무쏘보 행성으로 가기엔 지구 생활에 너무 익숙해졌기 때문이다.

이들은 꿈에서 힘겹게 잠꼬대를 한다.

마이 세껀드 홈따운 이…태…원, 이…태…원….

이들의 잠꼬대는 계속되고, 이태원의 영어간판은 잠들지 않고 깜빡인다.

` 음…이 글은 SF 막장 에세이다.

다음 주엔 정상으로 돌아갈 예정이다.

외야의

마성 魔性

　나는 지금 잠실야구장의 외야석에 앉아 있다, 는 건 거짓말
이다. 어떻게 외야석에 앉은 사람의 손에 맥주가 아닌 노트북
이 들려 있을 수 있단 말인가. 정확히 말하자면, 나는 지금 사
흘 전 잠실 외야석에 앉아 있던 기억을 떠올리고 있다. 그리
고 좀 더 정확히 말하자면, 나는 지금 사흘 전 뼈아팠던 역전
패의 기억을 떠올리고 있다. 악. 하고자 했던 말의 요지는 역
전패가 아니었다. 요즘 몸이 허해 이런 식으로 문장이 자주 어
긋난다. 늦여름 자외선에 어지러워하며 '사실 나는 루이 16세
시대의 부르봉 왕가의 공주로 태어나는 게 좀 더 직성에 맞지
않았나' 생각한다. 물론 헛소리다.

원래 하고자 했던 말은 여름이 끝나가고 있다는 것이고, 진정 하고 싶었던 말은 여름이 끝나기 전에 외야석에 앉아서 여름밤이 선사하는 시원한 바람을 맞고 싶었다는 것이었다. 이런 식으로 질질 끌고 나서야 말이 나오는 걸 보면, 어쩌면 나는 '오천년 한민족의 역사와 유구한 고장의 전통과 이 시대가 당면한 과제와 링컨 대통령의 일화와 원효대사의 해골바가지 이야기'를 늘어놓고 난 다음에야 방학 때 물 조심하라고 말하는 70년대의 시골 교장이 좀 더 적성에 맞지 않을까, 싶다. 물론, 시켜주는 사람은 없다.

애초의 이야기로 돌아가자면, 그날은 역전패를 당했지만 크게 분하거나 억울하지 않았다. 그건 내가 응원한 팀이 지난 십여 년간 간직해온 팀의 색깔이었고, 역시나 나는 그런 결과를 어느 정도 예상하고 있었기 때문이다. 내가 굳이 평일 저녁 시합 시작 전부터 외야에 자리를 잡고 있었던 것은 말했다시피 밤바람 때문이었다. 그런데 어째서 가을의 밤바람이 아니라 여름의 밤바람이냐 하면, 그것은 내가 응원하는 팀은 가을엔 야구를 하지 않는 전통을 십여 년간 지켜왔기 때문이다. 그래서 어느덧 8월말이 되면 조바심이 나는 것이다. '어이쿠. 이거 빨리 야구장에 가지 않으면, 올해도 이대로 끝나버리고 말겠어' 하는 마음이 7월부터 엄습해온다. 그렇기에 사실 바람은 가을바람이 제격이지만, 여름바람으로 대체한 것이다. '인사돌' 대신 '이가탄'이고, 가을바람 대신 여름바람인 식. 그런데 이런 식으로 여름바람에 흥미를 붙이다 보니, 어쩐지 '바람 하면 가을보다는 역시 여름이야'라는 게 명제처럼 자리 잡고야 말았다.

이건 아무래도 허공에 낙엽의 몸뚱이를 떠다니게 하고, 길바닥에 낙엽의 얼굴을 긁으며 소리 내는 가을바람보다는, 이마의 땀방울을 부드럽게 말려주는 여름바람이 좀 더 반갑기 때문이다. 게다가 외야의 좌석은 주술적 힘이 있어, 그 자리에 앉으면 누구나 거친 말들을 쏟아내게 된다. 마치 이성을 마비시키는 예비군복처럼 강력한 마성을 가지고 있다. 외야석에 앉는 순간 그라운드가 작아 보이고, 선수들도 작아 보이고, 그런 탓에 확대된 자아에 의존해 거친 말들을 마구 쏟아내는 것 같다. 실제로 그날은 단체 견학을 온 중학생 한 명이, 한때 국가대표였고 지금은 프로데뷔 15년차인 선수에게 "2군에서나 썩어버려라"고 잔뜩 취한 사람처럼 고함을 질러댔다. 나에게 그 선수는 어느 누구보다 훌륭했기에 그 힘담은 내 고막뿐 아니라, 마음도 오랫동안 흔들었다. 하지만, '뭐, 그렇게 말할

120

수도 있지' 하고 여기게 됐다.

　가을이 오기 전, 외야에서 선선히 불어오는 여름바람이 이마의 땀방울을 허공으로 날려버리고, 외야의 주술적 힘에 취해 그저 멍하니 푸른 잔디와 그 위를 미끄러지고 달리는 선수들을 보면 결국 아무래도 좋다는 생각이 들어버린다. 이게 바로, 7월이 되면 조바심이 나게 하고, 공기 중에 가을의 냄새가 조금이라도 나면, '이거 어서, 이 여름의 끝이라도 잡아야지' 하는 심정으로 지하철을 타게 만드는 외야의 마성인 것 같다.

홍상수와

소설 쓰기

언제 누군가 홍상수의 영화를 한 문장으로 정의한 적이 있었는데, 그 문장은 이랬다.

"지방에 가서 한다."

이 말을 들은 자리는 꽤나 공식적이고, 교양과 학식을 갖춘 사람들이 모인 자리라서 당혹스러웠다. 하지만 속으론 적확한 표현에 허를 찔린 기분이었다. 맞다.

'사실과 기억의 차이', '인생 속 우연성의 중요성', '일상적 대화 속에 담긴 정치성' 등을 이야기하긴 하지만, 사실 이 거대한 담론들은 모두 "지방에 가서 한다"는 이야기의 틀을 가지고 있다. 실로 간명한 방식이 아닐 수 없다. 장편영화 20여 편을 찍으며, 이 방식을 끊임없이 변주하고 있는 것이다.

홍 감독 스타일로 지질하게 기대어 말하자면, 사실 나도 이런 소설의 시리즈를 구상한 적이 있다(해놓고 나니 치졸하지만, 어쩔 수 없다). 하나의 이야기 틀을 만들고, 그것을 끊임없이 변주해서 10년 20년 동안 이야기를 우려먹는 것이다. 제임스 본드처럼 뚜렷한 캐릭터가 다른 상황에 처하는 시리즈물이 아니라, 주인공이 나이를 먹어가며 계속 성장하고, 충돌하고 화해하고, 늙어가는 이야기다. 가령 이 거대한 시리즈물 첫 편은 주인공이 초등학교 저학년일 때 시작한다. 2편은 초등학교 고학년, 3편은 중학생, 4편은 고등학생, 이런 식으로 해서, 대학생, 어학연수생, 청년 백수, 직장 초년생, 대리·과장·새신랑·퇴직남·중년남·이혼남·재혼남·노년남·노인대학생·노인대학원생(?) 등으로 시리즈는 약 30년간 지속된다. 주인공의 성격은《호밀밭의 파수꾼》에 나오는 콜필드처럼 말이 많고, 자의식이 강하고, 거짓말을 밥 먹듯이 하는 것을 삶의 유일한 낙으로 삼고 있다. 그렇기에 독자들은 과연 그가 하는 말이 어디부터 거짓이고 어디까지 진실인지 알 수 없다. 주인공이 늙어감에 따라, 작가도 늙고, 독자들도 늙어간다. 주인공은 군대를 가고, 실업을 겪고, 이혼을 하고, 전세를 전전하며 이사를 다니고, 그 과정 중에 한국사회의 시대적 문제들이 작품 속에 고스란히 배어난다. 이른바 30년에 걸친 대서사 구라쯤으로 해석할 수 있다.

그런데, 이런 기획을 해놓고 실천하지 않은 것은 생각만 해도 그만 질려버렸기 때문이다. 같은 주인공을 가지고 30년 동안 쓴다니 작가인 나조차 기겁할 정도였다. 그런 의미에서 홍상수 감독은 상당하다. 96년에 데뷔한 이래, 20년간 꾸준히 같은 이야기를 매번 조금씩만 틀어서 내놓으니 말이다. 관객들 역시 20년째 같은 이야기를 접했으므로, '아, 이번에도 지방에서 끙끙'이란 식으로 상상을 하고 들어가므로, 서사의 전개에 관해서는 별로 개의치 않는 분위기다. 그러다가 영화 〈북촌 방향〉처럼, 조금만 바뀌어도 관객들은 그저 그 작은 변화에 감동해버리고 마는 것이다.

"이번에는 대혁신이야! 지방이 아니라 서울에서 한다고!"

"아아, 줄곧 두 남자의 이야기였는데, 이번에는 한 남자의 이야기잖아. 파격적이야"

라는 식의 반응이 나오는 것이다.

또 하나 홍 감독의 놀라운 점은 현실과 영화를 솜씨 좋게도 은근슬쩍 버무려버린다는 것이다. 관객들은 영화 속의 인물들 정보가 너무나 현실과 비슷해 과연 무엇이 현실이고, 무엇이 허구인지 헷갈려버린다. 영화 속 주인공이 거의 매번 영화감독이란 건 익히 알려진 사실이고, 영화에 나오는 배우가 베트남에서 사업을 하고 왔다 하면(《북촌 방향》의 김의성), 실제로 그 배우는 한동안 연기를 접고 베트남에서 사업을 하고 돌아온 것이다. "저 형이 엄청 똑똑하거든요"라고 주인공이 말을 하면, 실제로 그 배우는 정말 똑똑하고 지적 능력이 출중하다. 이 때문에 그의 영화를 보고 있자면, 과연 어디까지가 현실이고, 어디부터가 영화인지 도무지 분간이 안 간다.

또 한 번 지질하게 홍 감독에 기대어 말하자면, 나도 실은 현실과 허구를 슬쩍 뒤섞은 소설을 써본 적이 있다(《쿨한 여자》라는 경장편이다). 물론, 홍 감독처럼 일상생활에 있을 법한 남녀 간의 연애사가 소재인데, 한 번 써보고 나니 몹시 피곤해져 지쳐버리고 말았다. 독자들이 허구인 부분까지 현실로 오해하여, 자꾸 추궁하는 바람에 몹시 난처해졌기 때문이었다. 그런 측면에서 보면, 홍 감독은 이런저런 비난까지 강직하게 견뎌가며, 매번 비슷한 이야기를 꿋꿋하게 찍어내는 데 명인이라 할 만하다.

*

그나저나, 소설은 소설일 뿐이라고요!

아르바이트에
관하여 2

베스트셀러 작가가 아니고서야 작가들의 수입은 고만고만한 걸로 알고 있다(라고 발뺌하는 건 내가 아는 작가들이 수입을 공개하지 않기 때문이다). 나 역시 아직은 고군분투 중인 신인 작가라, 올해 들어온 청탁에 모두 응해 꼬박꼬박 원고를 보냈다. 혹시 인세가 지겨울 정도의 작가라면 "거. 미안하지만 말이야. 자네 출판사의 로고 색상은 바람난 전처가 좋아하던 색깔이야. 거슬려서 안 되겠어"라며 청탁을 거절할지 모르겠지만, 나로서는 가당치 않은 소리고, 그런 말을 했다간 곧바로 '뚜ㅡ' 하는 전화기의 사망음만 들리기 십상이다.

그런고로 청탁을 해온 쪽이 명망 있는 문예지가 아니더라도, 할 수 있겠다 싶으면 어김없이 수락하고 있다. 전화를 걸어온 쪽이 여행지건, 패션지건, 대학 학보사건, 혹은 정체불명의 기관이건 상관 않고, 마감까지 꼼꼼히 원고를 고쳐서 보낸다. 하지만 세상은 옆집 서랍장 속의 철 지난 옷만큼이나 신인작가에게 관심이 없는지라, 이러한 글만으로 연명할 수 없는 게 현실이다. 그런고로, 올 한 해에도 간간이 이런저런 아르바이트를 했다. 그 이야기를 일일이 다 적는다면 '하늘을 두루마리 삼아도 모자라고, 바다를 먹물 삼아도 모자라므로' 가장 최근에 한 아르바이트 하나만 적고자 한다(서론이 길었다. 미안하다. 말할 사람이 없어서 외로웠다).

그저께 아는 화가 형에게서 전화가 왔다. 요인즉 "갤러리에서 몇 시간만 앉아 있으면 일당을 챙겨주겠다"는 것이었다. 나는 글을 쓰지 않고 하루를 허비하는 것에 대한 기회비용을 십만 원으로 책정해놓고 있는데, 형이 제시한 일당이 그에 미치지 않아 작가적 자존심을 내걸고 "하지 않겠다"고 단번에 말하고 전화를 끊었다. 그러고서 그 후 20분 동안 머릿속에 일당의 금액인 '5만 원… 5만 원… 5만 원!' 하는 외침이 들렸다. '아무것도 안 하고, 갤러리에서 앉아 있기만 하면 돼', '갤러리에 앉아 있으면 5만 원, 집에 앉아 있으면 0원', 하는 말이 달팽이관에서 파동을 일으키더니, 급기야 '갤러리에서 독서나

하자'는 심정으로 수화기를 다시 들고야 말았다.

결국 갈등 끝에 수락하고 나니, 그제야 밝혀지지 않았던 일의 실체들이 하나둘씩 드러나기 시작했다. 말하자면 꽤 복잡하니, 글의 간결성을 위해 핵심만 말하자면 다음 두 가지라 할 수 있다.

하나, 갤러리는 예상과는 달리 집에서 꽤 먼 곳에 있었다.
(나는 항상 그 형이 전시하는 홍대에 있는 줄 알았다.)
둘, 갤러리는 예상과는 달리 오래된 폐가였다.
(나는 저번에 그 형이 전시했던 모던하고 근사한 건물인 줄 알았다.)

'갤러리'란 수사로 포장된 건물은 청와대 부근 통의동에 있는 '보안여관'이란 곳인데, 약 80년간 여관으로 쓰인 유서 깊은 공간이었다. 예전엔 지방 관료들이 청와대로 불려오면 숙박을 하거나, 시인 서정주가 김동리, 오장환 등의 당대 문인들과 함께 동인지 '시인 부락'을 탄생시킨 뜻 깊은 장소라는데, 지금은 처녀귀신, 총각귀신, 할매귀신만으론 모자라 중국귀신까지 떼 지어 나올 만큼 음산한 곳이었다. 게다가 건물 안의 음울한 냉기는 뼛속으로 야금야금 스며드는 듯했다. 그 탓에 나는 길가에 의자와 탁자를 내놓고 앉아 있었다.

그리고 언젠가는 반드시 해보고 싶었던 '거리에서 원고를 쓰는 소설가의 집념'을 실천해보려 했는데, 글을 쓰다 몸이 축나는 게 어떤 건지 실감만 했다. 슬금슬금 파고드는 냉기가 몸을 하나둘씩 갉아내는데, 그만 19세기 러시아에서 글을 쓴 톨스토이에 대한 존경심만 커져갔다. 그런 채로 일곱 시간을 거리에 꼼짝 않고 앉아 있으니 '한 방울씩 떨어지는 낙수에 바위가 깨진다'는 사실에 내 낡고 시린 무릎은 충분히 동의하고 있었다.

　'일당 5만 원의 세계란 참으로 싸늘하기 그지없구나'란 생각을 품으며 혼자서 어깨를 감싸며 체온을 유지하고 있는데, 한 고등학생이 들어와 작품에 대한 질문을 했다. 나는 미술작가가 아니라고 말했으나, 그 학생이 내 생각을 알고 싶다고 묻는 바람에 "아무래도 훼손된 건물을 그대로 보여주는 것은 근대적 개발방식에 반대하고자 하는 작가의 정치의식과 19세기 유럽의 자연주의, 그리고 60년대 미국의 히피문화, 게다가 이에 영향을 끼친 선禪사상이 결합된 게 아닐까요"라고 생각나는 대로 말해버렸는데, 학생이 크게 감탄했다. 그쯤에서 빠져주길 원했지만, 곧장 "그럼, 낡은 이 문은 뭐예요?" 하고 물었다. 나는 또 역시 생각나는 대로 "그건 또 다른 세상으로 가는 통로지요"라고 대답했다. 나는 또 이쯤에서 빠져주길 원했지만, 고등학생은 신세계에 대한 호기심을 품은 눈으로 기어코 문고리를 당기고 말았다. 그러자 문짝이 갑자기 벽에서 떨어져버렸다. 그 문은 그저 벽 모퉁이 사이에 살짝 걸쳐져 있었을 뿐이었던 거였다. 나는 성급히 "사실 이 시대에 미래로 가는 모든 길은 막혀 있지요. 우리에겐 비상구가 없습니다"라고 둘러댔으나, 학생이 있던 자리에는 쌀쌀한 가을바람만 머물고 있을 뿐이었다.

그런 식으로 가장이란 학생이 내게 와서 칫솔을 팔고 갔고, 중국 관광객들의 중국어 질문에 손짓·발짓으로 한 시간 남짓 응답을 했다. 그동안 폐허가 된 건물의 싸늘한 냉기는 내 두피를 닭살로 만들 만큼 내 몸에 착 달라붙어 있었다.

그 탓에 나는 온몸의 근육이 경직되어 파스를 비롯해 따뜻한 커피, 국밥, 찜질방과 사우나에 지출을 해야 했으니, 결국은 일당 5만 원을 고스란히 날려버린 셈이다. 아니 실은 그보다 더한 지출을 했다.

아무리 생각해도 그런 공간에서도 시를 쓰고 문학적 결과물을 쏟아내는 서정주 시인 같은 위인이 아닌 나로서는, 글을 쓰지 않고 하루를 허비하는 기회비용은 십만 원이 맞는 것 같다. 결국 '그래, 나는 그냥 글이나 써놓는 게 남는 거야'라는 식상하고 몹시 교훈적인 결론을 얻고 돌아왔다. 이틀이 지났지만, 아직도 뒷목이 뻐근하다.

*

그렇지만 글감은 얻었으니 다행이라 생각합니다. ○○형!

존재의

이유

…라고 거창하게 제목을 정했지만, 사실은 모기에 관한 이야기다. 오늘은 9월 23일인데, 나는 현재 새벽 4시 30분에 모기 때문에 깨어나 이 글을 쓰고 있다. 다른 날보다 일찍 잔 게 아니냐고 한다면, 오늘은 새벽 1시에 잠들었고 나의 평균 수면시간은 여덟 시간임을 밝혀둔다. 게다가 누가 만지거나, 음악을 틀어놔도 모르고 자는 편이다. 아마 자는 도중 화재가 발생하더라도 '오, 이 찜질방은 몹시 따끈해'라고 하거나, 지진에 집이 흔들려도 '요즘 놀이기구들은 생동감이 있어' 하며 꿈속에서 줄곧 헤매다 결국은 낭패를 볼지도 모르는 부류에 속하는 사람이 바로 나란 존재다.

그런데 어찌된 영문인지 백두산의 〈업 인 더 스카이Up in the sky〉 같은 것이 흘러나와도 숙면을 취하는 내가 모기의 미세한 '윙윙거림'에는 그만 벌떡 일어나버리고 만다. 짓궂은 친구가 얼굴에 '시일야방성대곡' 전문을 쓰고 '세계지도'를 그려놔도 모르지만, 모기는 그냥 살짝 내려앉기만 해도 눈이 떠지고 마는 것이다. 자다가 문득 최근에 발표한 소설의 작가사진이 바보 같았다는 사실을 뒤늦게 깨달은 것도 아닌데 말이다.

나는 어째서 이럴까 고민을 거듭하다가, '결국 모기는 신이 선사한 자연적 알람이 아닐까'라고 여기고 말았다. 여름이면 생활은 늘어지기 마련이고, 모기를 잡기 위해서라도 긴장을 하지 않을 수 없도록 말이다(실제로 최근엔 알람시계 배터리가 다 떨어져, 그 기능을 모기가 대신하고 있다). 요즘엔 가을인데도 모기가 깨워주고 있다. 아마, 이건 자연이 '더는 못 버티겠어요!'라며 지구온난화를 가속화하는 우리의 생활양식 전반에 보내는 알람이 아닐까, 라고 생각하고 있다.

그러고 보니, '세상의 모든 존재에는 그 존재의 이유가 있다'라는 말을 들었을 때 품었던 의문이 풀렸다. 바퀴벌레는 내가 살고 있는 집의 청결 유지를 위해, 쥐는 주택의 꼼꼼한 이음새 마무리를 위해 필요할지도 모르겠다 생각했지만, '도대체 모기의 존재 이유는 무엇일까?' 내내 의문을 품고 살아왔기 때문이다. 말이 나온 김에 존재의 이유를 좀 더 확장해서 생각해보면, 지네는 허리 환자에게 치료약으로, 딸꾹질은 급하게 식사하는 사람의 식습관 개선을 위해, 무좀은 병영제도의 불필요성을 방증하기 위해, 정치인은 인간에게 (식욕, 수면욕, 성욕 다음으로) 필요한 4대 욕구 중 하나인 '비판할 욕구'를 해소할 전인류적 공격 대상으로, 새끼손가락은 콧구멍을 파기 위해 (이때 다른 손은 파는 손을 가리며 도울 뿐), 평론가는 괴상한 취향을 가진 작가의 쓸데없는 괴작을 출판하느라 훼손되는 중국과 캐나다의 산림을 보호하기 위해, 별은 가난한 자에게 신이 선사하는 명화로써 그 기능을 하고 있는 것이다.

'음. 역시 세상엔 필요하지 않은 게 없군' 하며 결론을 내리려 했는데, 그만 몹쓸 생각에 빠지고 말았다. 아차! 그럼 나란 존재의 이유는 무엇인가. 매일 이 알 수 없는, 어느 문학의 장르에도 속할 수 없는, 주류 문학도 아니고, 변방 문학이라 하기에도 그 주장의 소심함으로 인해 기웃거릴 수도 없는, 이따위 글을 쓰기 위해 보내진 존재인가. 아니면 이런 글이라도 홈페이지에 올리느라 쓰는 인터넷 요금으로 인터넷 회사를 연

명하게 하여, 그 회사 직원의 월급과 가정생활에 기여하고, 그 집 아들, 딸의 학비에 일조하여, 결국은 다른 집 자식이 훌륭하게 성장하여 이 사회를 그나마 쓸모 있게 만드는 데 기여하기 위해 보내진 존재란 말인가. 이런 식으로 나의 뇌는 지금 3,286km/h로 자학의 대로 위를 달리고 있다.

어째서 모기의 존재이유를 찾는 게, 내 존재의 이유를 찾는 것보다 더 쉬운 일이 돼버렸단 말이냐! 결국 모기의 궁극적 존재 이유는 내게 겸손을 알려주기 위해서란 말인가!

*

그나저나 오늘 새벽엔 김종환이 부른 〈존재의 이유〉 가사 중 "알~수 없는 또 다른 나의 미래가~ 나를 더욱~ 더 힘들게 하지만" 부분이 가슴에 박히는군요.

양평과

민방위훈련

나는 노숙한 외모 탓에 받는 주변의 추측과는 달리, 아직
도 민방위훈련을 받고 있다. 게다가 봄 햇살이 간지럽던 어느
날, 서울이 지겨워져 부모님이 계신 양평으로 주소를 옮겼다.
그 탓에 양평에서 훈련을 받고 있다. 그때는 정말이지, "양평
에 내려가서 나도 헨리 데이비드 소로우■처럼 살 테야"라는
각오로 동사무소를 찾았다. 하지만, 그해 여름 평양냉면이 너
무나 먹고 싶어 결국엔 어영부영 서울로 오고 말았다. 그 후로
쭉 서울에 있었으니, 결국 민방위 철이 되면 어쩔 수 없이 꾸

■   《월든》의 저자로, 물욕과 인습의 사회에 항거하며 평생 숲에서 간단한 노동을 하며 삶을 영위했다.

물꾸물 열차를 타고 양평으로 가는 수밖에 없었다.

그런 식으로 꽤 여러 번 갔었는데, 최근에 '훈련은 가까운 곳 어디서나 받을 수 있다'는 사실을 알고서 그야말로 아연하고 말았다. 하지만 그 사실을 알고 난 후에도, 어쩐지 기어코 양평까지 가서 훈련을 받았다. 뭔가 이상하다 싶어 생각해보니, 민방위훈련을 핑계 삼아 양평으로 오가는 기차에서 보는 해질녘의 논과 흔들리는 보리의 풍경을 즐겼던 것 같다.

그리고 이런 말을 하면 이상한 사람으로 보일진 모르겠지만, 민방위 교육의 체계를 꼼꼼히 분석해보는 것도 사실은 재미있다.

그럼, 이번 주엔 어제 받은 민방위 이야기(네. 이 글은 항상 이런 식입니다).

우선, 현역 소령이 안보교육을 실시했다. 소령은 우릴 보자마자 다짜고짜 "이 나라를 사랑하십니까?!"라고 우렁차게 물었다. 대원들은 나를 제외하고는 모두 삶의 가장 지루한 순간을 경험하고 있었으므로, 교육장에는 무기력한 숨소리만이 가득했다. 소령은 다시 한 번 "아니, 이 나라를 사랑하지 않

으신단 말입니까!"라고 우렁차게 물었고, 그 바람에 나는 그
만 "네. 그렇습니다"라고 대답할 뻔했다(실제로, 나는 국가라는
체제에 약간은 회의적이다). 그런데 내 옆의, 얼굴에 '불만'이라
고 써진 청년이 "아~이 씨!"라며 불만을 터트렸다. 나는 '저
런 용감한 청년이 있나'라고 감격해서 보니, 그 청년은 스마트
폰으로 휴지통에 종이를 구겨 던지는 게임을 하고 있었다. 그
러고선, "아~이 씨, 거의 신기록이었는데"라며 분통을 터트
렸다. 나머지 대원들은 각각 스포츠 신문을 보거나, 목을 뒤
로 90도 젖혀 코를 골며 자거나, 전화로 "아. 오랜만이야! 어?
보증을 서달라고?" 따위의 말을 하고 있었다. 소령은 포기한
듯 혼자서 안보교육을 실시했다. 꼼꼼히 들은 사람은 나밖에
없는 것 같았다. 그런데 소령이 한국의 시위 대부분이 북한의
사주를 받은 것이며, 온갖 기관의 시스템 마비와 정전이 '전
부' 공산당이 양성한 해커들의 짓이라고 하는 바람에 듣고 싶
은 마음이 사그라들었다.

그 탓에 두 번째 교육은 들어가지 않고 돈가스를 한 그릇
먹으며 살만 루슈디의 《한밤의 아이들》을 읽었다. 3교시에
들어가니 3년째 보아온 소방교육을 하고 있었다. 내 기억이
맞는다면 작년과 달라진 것은, 자료 안의 숫자가 '2010'에서

'2011'로 바뀐 것밖에 없다.

　이 와중에도 새로운 점이 있었으니, 그건 바로 4교시 교육으로 '자살예방교육'이 편성돼 있었다는 것이다. 나는 '도대체 민방위훈련과 자살예방 사이에 어떠한 연관성이 있는지' 짐작조차 할 수 없었으나, 잠자코 듣기로 했다. 사실 나는 이런 맥락 없이 전개되는 교육 방식을 꽤 좋아한다. 그런 교육에는 언제나 예기치 못한 재미가 있거나, '소설가로서 이런 식의 플롯은 곤란하다'는 반면교사 유의 메시지가 담겨 있기 때문이다.

　우선 자살예방교육은 아래와 같은 사람이 자살할 확률이 높다고 알려주었다.

　─술을 자주 마시는 사람
　─잘 못 먹는 사람
　─주변 사람에게 '안녕'이라고 인사를 자주 하는 사람
　─차가 오는데도 멍하니 길을 걷는 사람

나는 이 네 가지 특징을 듣고, 문득 한 사람이 떠올랐다.
아버지?

아직도 편식하고, 매일 술을 마시고, 나를 봐도 온종일 아무 말 않다가 떠날 때 '안녕' 한마디만 하는 아버지. 다행히 아버지는 차가 오는데도 멍하니 길을 걷지는 않는다. 차에 대고 소리를 지른다(*&%@#$%^&*!).

누구보다 삶에 강한 의욕을 불태우는 아버지가 자살확률 인덱스의 75%에 맞아떨어진다는 사실에 새삼 아연하고 있는 사이, 강사는 자살예방법을 알려주었다.

— 상대방에게 관심을 갖고 편하게 이야기를 들어준다.
　(쉽다. 아버지의 대화는 '안녕'이 전부다.)
— 섣불리 충고하거나 설교하지 않는다.
　(쉽다. 아버지는 어차피 누구의 충고와 설교도 듣지 않는다.)
— 돕겠다고 위험한 일에 끼어들지 않는다.
　(쉽다. 아버지는 자신을 도와주겠다는 사람을 싫어한다. 자신을 무능력하게 봤다고 여기기 때문이다.)
— 전문가에게 도움을 요청한다.
　('아니, 도대체 누구에게?'라고 생각하고 있었는데, 화면엔 어느덧 '정신건강상담전화 1577…0199'라는 글자가 큼직하게 적혀 있었다.)

즉, 상대에게 충고를 하지 않고 조용히 듣고 있다가 '정신건 강상담전화'로 전화하라는 것이다. 그러면 전문가가 출동한다 고 했다. 그런데 정말 그렇게 하면 상대방의 입장에서는 깜짝 놀라지 않을까. 게다가 내가 그럴 경우, 아버지는 나를 하루 빨리 유산이나 타내려는 파렴치한 불효자로 보지 않을까.

그런 생각을 하고 있는데, 강사는 갑자기 우리가 사는 세상 이 조금 더 아름답길 바란다며, "여러분을 무한돌봄 생명사랑 모니터 요원으로 임명합니다"라고 외쳤다.

아뿔싸! 국가가 실시하는 교육은 이런 식으로 작동되는 것 이다.

그런 식으로 교육이 끝나버리자, 좀비처럼 쓰러져 있던 대 원들이 일제히 일어났다. 장내엔 갑자기 〈내게도 사랑이〉라는 트로트가 우렁차게 울려 퍼졌다. 마치 오늘도 수고했다는 새 마을 운동 시대의 캠페인 송 같은 느낌이다.

이렇게 교육을 마치고 나오니, 해가 어느덧 어깨 높이에 걸 려 있었다. 저무는 해로 붉게 타들어가는 허공이 어쩐지 지친 하루 일과를 마친 노동자의 벌겋게 익은 등처럼 보였다.

*

그나저나 주변에 안녕이라고 너무 자주 말하지 마세요.

어느 순간 불현듯 당신의 눈앞에 '자살예방 전문가'가 나타나 있을지 모르니까요.

30대, 그것은 타인에게 거짓말을 할지언정,
자신에게 거짓말을 하지 않는 시기

흔한 이야기지만(나는 이런 걸 좋아해서 하자면), 예수는 33세
에 골고다 언덕에서 생을 마감했고, 체 게바라는 39세에 민중
을 구원하기 위해 전사했고, 나는 33세에 작가가 되기로 결심
했다.

갑자기 내 이야기로 전환되어, 고급 비행기를 타고 오다 덜
컹대는 경비행기로 갈아탄 느낌이 들겠지만, 객관적인 사실의
나열이므로 나로서도 어쩔 도리가 없다. 여하튼, 내가 소설을
쓰기로 결심한 이유는 거짓말을 하지 않기 위해서다.

아니, 거짓말을 하지 않겠다는 사람이 어째서 직업적으로
거짓말을 아침부터 밤까지 쏟아내고, 자면서도 거짓말을 궁리

하는 일을 택했냐고 묻는다면 할 말이 없다. 그 점에 대해선 미안하게 생각하고 있다(과연 사과를 요청하는 사람이 몇 명이나 있을진 모르겠지만). 어쨌든 내 좁은 식견으로는 '거짓말을 하지 않기 위해' 소설가가 되었다.

물론 나는 어릴 적부터 거짓말을 몹시 즐겨왔던 사람 중의 한 명으로서, 거짓말이 없는 삶을 상상한 적이 없으며, 만약 그런 생이 있다면 그것은 생활의 원동력이 거세당해버린 껍데 기뿐인 일상일 것이라 생각해왔다.

그럼에도 불구하고 내가 작정을 한 이유는 '적어도 30대가 된 이상 스스로에게 거짓말을 하진 말자'는 결심 때문이었다. 나는 어릴 때부터 작가가 되겠다는 생각을 한 적도 없고, 작 가가 되기 위한 수업을 받은 적도, 기웃거린 적도 없다. 그런 데 도대체 영문을 알 수 없는 어느 날, (이런 표현은 좀 그렇지 만) 마치 폭풍우가 치는 언덕에 올라 북서풍을 맞고서 문득 '그래. 작가가 되어야겠어'라고 깨닫듯 결심하고 말았다. 요인 즉슨, 아무런 동기도 그럴싸한 이유도 없이 그저 어느 날 주체 할 수 없는 불덩이가 내 배 속에 들어와 나를 헤집고 다니며 나를 노트북 앞에 앉게 만들었다. 그리고 끊임없이 내게 주문 을 걸었다. '어때. 작가가 되어보지 않겠어? 어쩌면 인기가 좋 아질지도 몰라.' 당시로서는 황당하기 그지없는 경험이었지만

한 달 정도 이런 이유를 알 수 없는 복통이 계속되자, 나로서도 이대로 죽을 수는 없다는 심정으로 멀쩡하게 다니던 회사에 사직서를 제출했다.

내 입장으론 적어도 회사에 "작가가 되기로 결심했습니다!"라고 공언하며 사직서를 제출하면, "어허. 이러면 곤란하단 말이야. 다시 생각해주게" 정도의 만류는 있을 줄 알았지만, 어찌된 일인지 "자네는 진작부터 예술을 할 줄 알았네"라는 식으로 일사천리에 사직 처리가 돼버렸다. 게다가 남은 모든 휴가와 특별휴가까지 붙여주며 "그럼, 남은 한 달 반 동안은 출근하지 말고 집필에 전념하시게나"라는 격려까지 들었으니, 오히려 내 쪽에서 당황스러운 마음을 추스르고 고독하게 카페에서 글을 써야 했다. 하지만 그 시간이 되레 내게는 삶에서 스스로에게 가장 솔직해질 수 있는 시간이 아니었나 싶다(고 제 입으로 말하는 건 역시나 쑥스럽군요).

오전 10시에 문을 연 카페에는 주인장과 나, 그리고 채 마르지 않은 아침의 촉촉한 공기만이 있을 뿐이다. '오늘 하루도 무사히'라는 식으로 신에게 영감을 구하고, 노트북을 열고 하얗게 텅 빈 모니터에 글자를 하나씩 채워간다. 망망대해 같던 모니터에 어느덧 까만 글자들이 하나둘씩 들어앉았고, 나는 그것들이 내 배 속을 뜨겁게 헤집고 다니며 괴롭혔던 그 불씨들이었음을 깨닫는다. 그것들이 하나둘씩 내 배 속에서 출발하여 뇌를 지나고, 손끝을 거쳐 모니터에 안착하였을 때, 나는 내 자신과 솔직한 대화를 하고 있음을 깨닫는다.

보잘것없는 지난 삶을 반추하며, 마치 뿌연 거울을 닦아내듯 지금의 자아가 어떻게 형성되었는지 되짚어보는 심정으로 글을 쓰기도 했고, 철저한 허구, 즉 거짓말(혹은 구라)로 점철된 글을 쓰기도 했다. 물론 그 시간들은 기쁘기도 하고, 고통스럽기도 했다. 하지만 그것이 웃음의 산물이건, 눈물의 산물이건, (역시 이런 말은 쑥스럽지만) 하나같이 소중하고 값진 것들이었다. 고로 나는 애초의 결심을 다시 한 번 굳게 다졌다.

"타인에게, 혹은 세상에 거짓말을 할지언정, 적어도 나 자신에게 거짓말하지는 않겠다."

소설가로서 세상에 거짓말을 한다는 것은 어쩔 수 없는 조건이다. 하지만 그 거짓말을 '진짜' 삶을 살아내고 있는 사람들이 자신들의 삶에 견주어보고, 대입해보고, 적용해볼 수도 있다. 그걸로 충분하다. 혹은 '에이. 이 최민석이란 작자의 이야기는 너무 허황돼서 말이야. 그저 그런 이야깃거리로 끝나버리고 말아!'라고 불평해도 좋다. 그것은 그것대로 좋은 것이라 생각하고 있다. 어찌됐든 30대에 들어서면서 세상에 거짓말을 할지언정, 내 자신을 속이지는 말자고 결심했다. 그것이 소설의 형태로 나타난 것이다.

그러나 나는 그것이 비단 소설가만의 결심은 아니라고 본다.

청탁받지 않은
달리기

3년 전부터 달리기를 해오고 있는데, 어느 날 "최민석 씨가 달려주지 않으면 곤란합니다. 부디 저희의 희망을 잊지 말고 계속 뛰어주십시오"라는 부탁을 듣고 뛴 건 아니다. 어느 독자가 내 앞에 나타나, "최민석 씨가 달려주지 않으면 제 삶에 의미가 없어요. 엉엉엉. 부디 저를 위해 달려주세요"라며 유월의 서글픈 장맛비 같은 눈물을 흘리며 애걸하고, 그 발밑에 흐르는 눈물이 한강을 범람할 정도로 대단해, 서울시 수재방지위원회로부터 "제발 뛰어주십시오! 서울시민의 안전을 위해서!"라는 강압에 가까운 간청을 들은 것도 아니다. 말하자면, 청탁받지 않은 작가가 전작소설을 쓰듯이, 누구의 부탁이나 권유 없이 혼자서 달리기 시작한 것이다.

　물론 회사에 다니던 시절, 선배로부터 회사 주최 자선마라 톤 대회에 참가하라는 부탁을 받은 적은 있다. 그 이외의 어 떠한 당부나 요청을 받은 적은 없다(당연하다). 누가 기대한 적 도 바란 적도 없이, 찬 공기 속에 신발끈을 묶고 새벽이슬 젖 은 땅을 밟거나, 밤안개 속에서 3년간 뛰어왔다. 햇살이 좋은 날에는 햇볕의 손길을 받으며 뛰고, 시원한 날에는 땀을 쓸어 가는 바람의 선선한 입김을 받으며 뛴다. 콧물을 흘리며 뛰기 도 하고, 비를 맞고 뛰기도 하고, 예상치 못한 눈을 맞으며 뛰 기도 하고, 역시 예상치 못한 소나기에 급하게 집으로 되달려 가기도 한다. 추운 날에는 감당할 수 있는 체력 이상으로 뛰 어 무릎 관절이 상하기도 했고, 그 탓에 반년 정도 못 뛰고 그 저 남들이 뛰는 풍경을 한강에서 물끄러미 보기만 하기도 했 다. 때론, 뛰고 싶은 마음을 자전거로 대신하기도 했다.
　어째서 이런 멍청한 짓을 반복하고 있을까. 논리적으로 근 사하게 설명해 자신을 납득시켜 보려 했지만, 아둔한 뇌는 육 체가 원하는 고통을 명쾌하게 설명하지 못하고 있다. 이젠 이 멍청한 달리기를 청탁받지 않은 달리기라 부르고 있다.
　이야기가 잠시 엇나가는 것을 허용해주길 바란다. 사실 나는 인도에서 날아온 한 편지에서 "부디 억눌린 12억 인도인의 영혼을 위해 매주 한 편씩 희망이 담긴 글을 써주세요"라는 읍소에 가까운 산스크리트 어의 애원을 접한 후, 강한 책임감에 억눌려 매주 주한 인도 대사관의 번역 감수를 받아 이 글을 쓰고 있는 건 아니고, 그렇다고 해서 원로 문인에게 '일주일에 한 번씩 에세이를 쓰면 무병장수한다네!'라는 충고를 들어서 쓰는 것도 아니다. 사실상 전부라 해도 좋을 정도로 거의 모든 원고를 일체의 청탁 없이 쓰고 있다. 마감을 어기면 원고료가 깎이는 것도 아니지만 — 당연하다. 청탁이 없으므로, 애초에 원고료란 게 없다 — 스스로 정한 마감일이 다가오면, 이틀 전부터 소재에 허덕이며 벽에 머리를 쿵쿵 박고 있다. 이번에도 나의 뇌는 골머리를 썩여가며 소재를 고르고, 주제의 의미를 검토하고, 퇴고를 하는 손가락의 이 수고에 대해 명쾌한 설명을 해주지 못하고 있다. 둔탁한 뇌가 얻은 결론이란 고작, '청탁받지 않은 달리기의 목표 거리량을 채우는 것과 청탁받지 않은 원고의 마감을 지키는 것은 효율적인 방식은 아니란 것'뿐이다.

원고청탁에 대해 좀 더 이야기를 하자면, 단 한 번 "등단작과 비슷한 분위기로 80매 분량의 단편소설을 써주십시오"라는 구체적인 요구를 받은 적이 있다. 그 요구에 맞춰 단편소설을 썼고, 결론부터 말하자면 결국 그것이 내가 처음으로 퇴짜를 맞은 원고가 됐다. 그때 하나의 깨달음을 얻었다.

'부탁을 받고 하는 일에는 삶의 색깔이 전혀 다른 영혼을 감동시킬 설득력이 부족하다.'

우리는 누군가의 부탁을 받고 록음악을 크게 들은 것도, 수업시간 책상 밑에 소설을 숨겨 읽은 것도, 먼 곳까지 갈 배낭을 꾸려 삼등 열차에 몸을 구겨 넣은 것도, 시 구절을 메모장에 옮겨 적은 것도 아니다. 나 역시 누군가의 청탁으로 얼어붙은 한강변을 달린 것도, 스스로 마감일을 정해 매주 글을 쓴 것도 아니다. 누군가가 '거. 참. 비효율적이군' 한다면, 할 말은 없다.

하지만 이 설명할 수 없는 멍청함이 지난한 일상을 기대하게 하는 이유가 되기도 한다.

헌책방

위로

영화 〈비포 선셋〉의 도입부가 마음에 들어 때때로 다시 보곤 한다. 카메라는 긁히고 먼지 낀 안경으로 바라보듯 파리의 느슨한 일상을 담아내고, 시간의 때가 잔뜩 묻은 헌책방으로 이동한다. 그곳에선 소설가가 된 에단 호크가 기자회견을 하고 있다. 한 여기자가 웃음을 머금고, "이 소설은 자전소설인가요?"라고 묻고, 에단 호크는 "글쎄요. 자전적이라 할 수 있을까요? 우리는 모두 각자의 작은 열쇠구멍을 통해 세상을 보잖아요"라고 답한다. 그러고선 장광설을 늘어놓는다. 이에 참지 못한 여기자가 "그러니까 기차 안에서 만나 하룻밤을 보낸 프랑스 여인이 실재하는 건가요?"라고 묻고, 에단 호크는 이번에도 "글쎄요. 그게 그렇게 중요한 건 아니지만…" 하며 발뺌하듯 주저하다, "…말하자면, 그렇죠"라며 수긍하고 만다. 몇몇 기자들의 입에서 참지 못한 웃음이 새어나오고, 여기자는 미소 지으며 '고맙다'고 나지막이 말한다. 이 장면을 좋아한다. 소설 창작의 속성을 잘 간파하고 있기도 하지만, 실은 그 배경이 헌책방이기 때문이다. 그렇다. 이번엔 헌책방 이야기다(여전히 전개는 얼렁뚱땅이다).

헌책방에는 그 공간만의 독특한 기운이 존재한다. 암스테르담 대학의 한 연구진 분석에 따르면, 헌책에서 발생하는 효모균이 공기 중에 뒤섞일 때 행복을 느끼게 하는 엔돌핀과 도파민이 분비된다, 는 결과는 물론 없었고, 어영부영 내 기분만 따져본다면 아무래도 빛바랜 종이, 문고본, 비 냄새, 그리고 이것들과 어우러지는 책의 향기 덕인 것 같다. 특히 비 오는 날, 주인장이 커피를 내려 마시면 책방 안에는 커피 향과 비 냄새, 죽은 저자들의 입김이 뒤섞여 세계 각국의 역사 속으로 빠져드는 기분이 들기도 한다.

나는 헌책방 중에서도 특히 문예지가 차곡차곡 쌓여 있는 서점을 좋아하는데, 그 이유는 어쩐지 시간이 묵혀놓은 문학적 무게 같은 것을 느낄 수 있기 때문이다. 제목은 한자로 써

있고, 모서리가 부드럽게 닳은 80년대 문예지의 표지 위에 잔뜩 진지한 표정을 짓고 있는 젊은 최인호 작가, 청년일 때의 김원일 작가의 모습을 보고 있노라면, '아. 다들 자신의 청춘에 진지하게 임했구나' 하는 인상을 받곤 한다(물론, 나 혼자만의 해석이지만).

최근에는 《현장 비평가가 뽑은 올해의 좋은 소설》이란 11년 전의 책을 샀는데, 그 표지에는 김연수, 김영하, 윤성희 등 지금의 중견작가들이 풋풋한 표정을 지으며 나를 보고 있었다. 현재로서는 상상하기 어려운 일이지만, 사진 속의 김연수 작가는 옆머리를 군인처럼 바싹 짧게 깎아 올리고 앞머리를 한쪽으로 길게 늘어뜨리고 있었다. 앞머리가 몹시 반짝이는 것이 아무래도 무스를 잔뜩 바른 듯하다. 김영하 작가는 비록 흑백 사진이지만 머리카락 색채농도가 연한 것이, 당시에도 상당히 유행이 지난 노란 염색을 했던 것 같다. 작고하신 박완서 선생도 모서리가 희미하게 효과 처리된 사진에서 웃음을 보이고 있다. 흰 표지의 가장자리는 보랏빛으로 변색돼 있어, 나는 '꽤나 여러 사람의 손을 탔겠구나' 하고 느꼈다. 책에는 간혹 밑줄 친 흔적이나 커피자국이 묻어 있어, 아, 이 사람은 여기서 감명을 받았구나, 아, 이 사람은 이 장면을 읽을 때 커피를 마시지 않고는 배길 수 없었구나, 하고 다른 공간에서 다른 시간을 보낸 독자와 교감했다.

이런 책들은 대개 문고본이다. 이렇듯 헌책의 매력은 아무래도 문고본에 있는 것 같다. 견고한 양장본과 달리 문고본은 세월의 흔적을 온몸에 그대로 받아들이고 있어, 어쩐지 오랜 세월을 함께한 늙은 강아지 같은 느낌을 주기도 한다.

그나저나 파리에는 1919년에 세워진 셰익스피어 앤 컴퍼니라는 헌책방이 있다. 헤밍웨이가 스스로 최고의 단골이라 칭했고, 앙드레 지드, T.S. 엘리엇, 폴 발레리 같은 작가들이 이 서점의 단골이자 친구였다. 제임스 조이스가 외설이라는 비난을 받아 《율리시스》의 연재를 중단해야 했을 때, 이 책방 주인이 《율리시스》를 무삭제 한정판으로 발간하기도 했다. 2차 대전을 겪으며 나치의 점령에 운영이 중단되기도 했고, 이방인으로 파리에 머물렀던 많은 영미권 작가들에게 영혼의 안식처가 되기도 했다. 그리고 이 서점이 바로 〈비포 선셋〉의 도입부에 등장하는 그 헌책방이다. 그 때문인지 영화 속에 보이는 서점 창가의 햇살은 오랜 세월 동안 자신이 위로한 여러 작가들의 격려와 보답을 받고 있는 것 같다.

그래선지 나도 간혹 헌책방의 낡은 표지 위에 미소 짓고 있는 작가들을 보면, '이봐. 풋내기. 쓸쓸하지만 다들 이렇게 웃으며 쓰는 거라고' 하는 위로를 받는 건지도 모르겠다.

그렇다. 착각은 즐겁다.

뭐, 지구가

망한 건 아니니까

이번엔 첫 미팅 이야기. 1991년 겨울, 길었던 중학생의 시기
는 끝이 났고, 기다렸던 고등학생의 시기는 오지 않았던 기나
긴 겨울의 터널에서 우리는 미팅을 했다. 지방 중소도시의 학
생들은 비평준화의 폭력 같은 폭풍 속에서 성장해야 했기에,
열여섯 살의 우린 각자의 이마에 '나는 무슨 고교, 너는 어디
여고'라는 슬픈 계급의 딱지를 달고 미팅을 했다. 물론 이마에
학교 이름을 써 붙인 건 아니었지만, 당시의 나와 내 친구들이
그랬듯, 상대 쪽에서도 우리를 '어느 학교에 합격한 누구, 어느
학교에 떨어진 누구'라는 식으로 이해했을 것이다.

어쩌면 그것이 사회로 들어가는 첫 관문이었는지 모르겠

다. 나는 눈웃음이 귀여운 여학생의 마음에 들기 위해, 화장실 수도를 틀어놓고 세수를 했고, 머리에 물을 묻혀 당시 선망의 대상이었던 장국영 표 가르마를 탔다. 왜 그렇게 열심히 가르마를 탔느냐면, 지금으로서는 논리적으로 선뜻 이해하기 어렵겠지만, 그때엔 (다른 중학생들도 그랬듯) 자기가 몰입한 것만 근사하게 처리할 줄 알면 그걸 멋진 걸로 생각해버렸다. 설명하자면, 당시에 두발자율화 같은 건 꿈에도 불가능한 이상이었다. 청춘이라는 단어조차 벅찬 옷이었던 우리에겐 그 시기가 머리를 기를 수 있었던 유일한 기회였다. 그러므로 중학교를 졸업하고 고등학교에 진학하기 전까지 석 달이 채 안 되는, 인생이란 시계에서 보자면 찰나에 불과한 그 기간에 우리는 최대한 머리를 길러보려 했다. 아침이면 손에 물을 묻혀 유덕화나 장국영처럼, 아니 그게 안 된다면 적어도 가수 조정현처럼 가운데 가르마를 성실히 탔다. 그래야 청춘의 버스에 올라탈 수 있는 승차권을 받을 수 있는 것으로 착각했다.

청춘의 통과의례라 믿었던 첫 미팅을 한 1991년 겨울날, 우리는 나름대로 잔뜩 머릴 기르고 나왔다. 나는 가운데 가르마를 탔고, 한 녀석은 올백을 했고, 다른 녀석은 앞머리를 한 가닥만 꼬아서 내렸고, 다른 한 녀석은 이해 불가한 '잔뜩 성난

파도 모양의 머리'를 하고 나왔다. 녀석은 그것을 영화 〈아이다호〉의 '리버 피닉스 표 머리'라 했다. 제임스 딘 이후 청춘의 위대한 상징이었던 그의 머리를 한국의 변두리 도시에 사는 내 친구가 맞먹으려 한 게 마음 상한 탓인지, 아니면 리버피닉스도 친구들로부터 헤어스타일 문제로 험담을 들었는지, 아니면 정말 보도대로 심장발작 때문인지, 2년 후 그는 죽고 말았다. 꼭 친구 때문만은 아니더라도, 그의 죽음엔 여전히 유감을 느끼고 있다.

어찌됐든 우리는 각자 자신의 이름 앞에 합격한 고등학교의 이름을 붙여서 소개해야 하는, 사회적 계급의 첫 딱지를 붙인 소년이 되어 여자아이들 앞에 앉았다. 우리의 앞에는 향이 그윽한 브라질 산 커피, 따위는 물론 없었고, 콜라와 감자튀김, 햄버거만 있었다.

나는 운이 좋아 맘에 들었던 여학생과 파트너가 되었고, 우린 몇 번의 데이트를 했다. 경주의 놀이공원에 함께 놀러가기도 했고, 수화기를 들고 한국어로 받아 적은 가사를 보며 장국영의 〈투유〉를 불러주기도 했다. 1992년이었고, 그해 10월엔 휴거로 지구에 종말이 올 거라는 소문이 우리를 불안하게 했다. 단지 지구가 망하기 전에 어떻게 해보자는 심정은 아니었겠지만, 어쨌든 그 아이는 그해 봄 우리 학교 축제의 시화전에 걸린 내 시 앞에 초콜릿을 붙여놓고 갔다. 역시 지구가 망하기 전에 어서 관계를 살찌워보자는 계산은 아니었지만, 우리는 그해 6월에 드라마 〈질투〉의 소감을 나누었고, 나는 역시 수화기를 들고 유승범의 〈질투〉를 불러주었다.

그리고 그해 10월엔 아무 일도 일어나지 않았다. 군상의 인간들이 대낮에 하늘로 올라가기는커녕, 바람에 나풀대던 종잇조각마저 가을비에 젖어 땅에 착 붙어 있었다. 굳이 지구가 망하지 않았기 때문은 아니었지만, 사춘기의 남녀가 그렇듯 우리는 말하기도 부끄러운 경험으로 그저 각자의 삶 속으로 되돌아갔다.

그러고서 지구는 멀쩡하게도 2년을 더 버텼다. 1994년엔 드라마 〈마지막 승부〉와 〈느낌〉이 우리의 가슴을 흔들어놓았지만, 더 이상 소감을 나눌 그 아이는 없었다. 대신 어느덧 담배를 꼬나문 '올백 머리'와, '한 가닥 앞머리'와, 역시나 '잔뜩 성난 파도 머리'가 있었다. 녀석들은 말했다. "뭐, 달라질 건 없잖아." 누구도 그때 미팅했던 파트너와 연락이 닿진 않았고, 누구도 우리의 미래가 장밋빛으로 눈부시게 빛날 것이란 말 따위에 속지 않았다. 리버 피닉스의 죽음 때문만은 아니지만, 자퇴를 해버린 성난 파도 머리가 말했다.

"뭐, 지구가 망한 건 아니니까."

그래, 뭐 그렇게 쉽게 망할 지구는 아니니까. 나도 그렇게 생각했다.

중학교 졸업을 하고, 3년이 지나고, 다시 고등학교를 졸업할 즈음이었던 그날, 남쪽 해안도시답지 않게 눈이 내렸다. 우리의 미래처럼 캄캄했던 밤하늘을 하얗게 뒤덮어버린 함박눈, 이었다면 좋았겠지만 눈앞에 보이는 건 녀석들의 뿌연 입김 사이에 흐릿하게 흩날리는 가루눈이었다.

성난 파도 머리는 다시 말했다.

"그래도 계속 살다 보면…"

나 역시 속으로 생각했다.

'그래, 뭐 지구가 갑자기 맘을 바꿔 망해버리지만 않는다면……'

그리고 해가 바뀐 1995년 겨울, 그 여학생과 나는 대학생이 되어 다시 마주 앉았다.

지구는 여전히 잘 버텨주고 있었다.

버림의

미학

나는 지금 금요일 오후 1시의 카페에 앉아 쏟아지는 햇살에 따가워하며, 눈이 서서히 녹아가는 풍경을 바라보고 있다. 그리고 노트북을 열고 퇴고에 대해 쓰려 한다. 오늘 역시 할 말이 없어서 이런 식으로 시작했다(써먹은 걸 또 써먹으면 재밌습니다. 여러분도 해보시길!).

어쨌든 나는 매일 오전에 소설 원고를 쓰거나, 쓴 소설을 고치며 지내는데, 오늘은 거의 모든 시간을 원고 중 재미없거나 쓸데없는 부분을 지우면서 시간을 보냈다. 읽다 보니 '이거 상당히 재미없군', '어허, 이건 못 봐줄 정도군', '뭐야, 뜬금

없는 문장이잖아!' 하며 지우다 보니, 장편소설 한 권을 통째로 버릴 뻔했다. 기왕에 써놓은 걸 쓸모없다고 해서 완전히 버릴 수는 없는 노릇이지만, 가능한 한 버릴 수 있는 건 버리려 했다.

뭐, 굳이 말하자면 〈심야식당〉의 만화가 아베 야로가 "쓸모없는 만화가 좋은 만화다"라고 말한 것처럼, 나 역시 '쓸모없는 소설이 좋은 소설이다'라고 생각하고 있지만, 그래도 적당히 쓸모없어야 한다는 게 나의 지론이다. 그렇다면 '적당히 쓸모없다'는 건 대체 무엇을 의미할까.

일단, 소설은 생활에 참견하지 말아야 한다고 생각한다. 가령 소설이 한 인물의 삶을 모델로 제시하고 이래라 저래라 참견하면, 왠지 시어머니 잔소리를 듣는 것 같아서 던져버리고 싶은 기분이 든다. 둘째로 소설은 일단, '아니, 이딴 걸 소재로 삼았다니!'라는 비웃음으로 시작될지라도, 읽다 보면 '오호. 이런 게 소재가 되는군' 하는 과정을 거쳐, 어느 순간 '역시 일상 속에는 우리를 행복하게 만들 것들이 잔뜩 숨어 있단 말이야!'라는 공감까지 이끌어낸다면 그 목적을 훌륭히 달성한 거라 생각한다. 즉, 일견 쓸데없는 소재를 택해, 젠체하지 않는 어투로, 쓸모없는 이야기를 나름대로 성실하게 풀어놓는 게 (내가 생각하는) 좋은 소설의 요건이다.

이야기가 잠시 엇나갔지만, 어쨌든 이런 소설을 써야겠다고 생각하고 퇴고를 하면 심심찮게 버릴 것들이 보인다(물론 편집자의 눈에는 온통 버릴 것투성이겠지만). 하지만, 그렇다 하더라도 일단 나름의 고민을 거쳐 쓴 원고를 잘라내면 우선 신체의 일부분이 마취도 않고 잘려나가는 것처럼 비통한 기분에 빠진다. 하지만 시간이 꽤 지난 후, 다시 원고를 보면 턱살도 빠지고, 혹도 깔끔하게 떨어져나가, 나름대로 압축되고 정제된 느낌을 받는다.

그런 측면에서 보자면 나는 아무래도, 노인처럼 "거 할멈. 내 오늘 허리가 아파서 구부린 채 땅만 보고 오다 말이야, 거 참, 요즘 땅엔 땅벌레가 없더군. 하여간 땅만 보니 잡초가 어찌나 많던지, 에베베. 요즘 젊은이들은 잡초 뽑을 생각을 안 해. 잡초 같은 녀석들! 하여튼, 땅에 꽃이 펴 있기에 꺾어 왔수"라고 말하는 것보단, 간결하게 "저어. 여기"라는 식으로 꽃을 건네는 게 낫다고 여긴다(어디까지나 나의 생각이지만).

아무튼, 버리고 나면 후련하다. 사실 잘라내야 할 것은 잉어의 원고만이 아니라, 영혼의 지방과 파도처럼 꾸준히 찾아오는 생활의 게으름이지만, 이런 건 원고처럼 싹둑 자르는 게 쉽지 않다.

겨울

정경 情景

연이은 추운 날씨에 언 손으로 글을 쓰는 것만으로도 러시아의 문호가 된 느낌이다. 영하 17도의 날씨라면 집에서 김이 올라오는 고구마를 뜯으면서 잡문이나 읽어도 되잖아, 라고 속삭이는 나태의 신을 뒤로 한 채, 며칠째 나오지 않는 원고와 씨름했다. 이렇게 추운 날씨에 버티고 앉아 있다 보면, 엉덩이의 체온이 특정 온도로 떨어지면서 갑자기 뇌에서 창작열을 관장하는 호르몬이 분수처럼 솟아나 그야말로 미친 듯이 쓰게 되는 환상적인 일은, 물론 벌어지지 않는다. 그런데 왜혹한의 날씨에도 시린 발을 움츠리며 앉아 있는 건가. 이렇게 말하면 우습게 들릴지 모르겠지만, 그건 겨울이 주는 정경 때문이다.

우선, 나는 문학이 무엇인지 잘 알지 못하거니와, 이 땅을 떠날 때까지도 정확히 알아낼 자신이 없다. 어쩌다 보니 나 같이 재능 없는 사람이 문학이란 거대한 산 주변에서 기웃거리는 신세가 되었지만, 나로서는 문학이 무엇인지 정확히 알아낼 도리가 없다. 하지만 그렇다고 해서 안이하게 문학에 대해 자문하지 않을 수는 없었는데, 기이하게도 가장 먼저 떠오른 단어는 '문학의 의미·목적·이유'가 아니라, 바로 '러시아'였다. 어째서인지 머릿속에 '문학＝러시아'라는 등식이 자리하고 있었던 거였다. 물론 톨스토이나, 안톤 체호프, 도스토옙스키 같은 대문호들이 러시아 출신이라는 것도 이유이긴 하지만, 왠지 문학을 한다는 것은 상당히 쓸쓸하고 고독한 정경이 배경이 된다고 생각했기 때문이다. 그리고 이 연상은 외계外界엔 눈보라가 몰아치지만, 가녀린 나무 격자 창 하나로 자신을 외부와 단절시킨 채 좁은 원고지 안의 세계로 집요하게 몰두하는 러시아 인들을 떠올리게 했다.

그러한 이유로 논리적이라 할 순 없지만, '이거 본격적인 문학의 길에 접어들기 위해선, 일단은 러시아로 가야겠군!' 하고 생각하게 됐다. 이것이 일종의 심리적 과제가 되었고, 이는 역시 비논리적으로 '겨울이면 반드시 글을 써야 한다!'는 결심으로 이어졌다. 톨스토이나, 체호프나, 도스토옙스키가 그랬듯 문학인이라면 창밖으로 설원이 펼쳐지고 벽난로에 땔 나무가 떨어졌더라도, 잉크가 남아 있고 쓸 종이가 눈앞에 있다면 언 손에 입김을 불어서라도 글을 써야 하는 게 아닌가, 라고 생각하고 만 것이다.

그런고로 이 길에 들어선 이후 겪은 세 번의 겨울 동안 더욱 성실히 원고를 쓰고 다듬었다. 그 때문인지 귀와 코를 쥐어뜯는 바람이 불어도 의욕이 스멀스멀 피어오른다. '그래. 이런 날씨에도 견뎌내고 쓴다면, 필생의 역작이 나올지도 몰라' 하는 근거 없는 희망이 싹트는 것이다. 게다가 발이 시린데도 손을 빠르게 움직이면, 신체는 차가워지고 뇌는 뜨거워지는 이율배반적인 경험을 하게 되는데, 그 모순적인 상태를 겪고 원고를 끝낸 후 차를 마시거나 신문을 보면, 긴 달리기를 마친 후 맥주를 마신 것 같은 묘한 쾌감이 느껴진다.

물론 이런 것 때문에 일부러 겨울에만 열심히 하는 건 아니다(그럴 리가요!). 사실 겨울이 선사하는 정경은 일 년 내내 움츠려 있던 내면의 감성을 일깨워준다. 유독 겨울에 그렇다. 마치 봄, 여름, 가을 내내 신체 깊은 곳 어디에서 코에 거품까지

만들며 자던 창작의 여신이 갑자기 '이런. 겨울이야!' 하며 눈을 부릅뜨고 내 머릿속 여기저기를 휘저으며 미뤄뒀던 영감들을 마구 불어넣는 기분이다.

게으른 주인이 치우지 않아 겨우내 흰색으로 얼어 있는 눈더미, 어느 가난한 집의 함석지붕에 매달린 고드름, 오래된 카페 창에 희뿌연 얼룩을 입힌 겨울비, 그 얼룩 밖으로 외등이 하나둘씩 켜질 때 번져가는 겨울 저녁의 시계視界, 낡고 늙어 목피木皮가 떨어지듯 페인트칠이 떨어지는 카페의 벽, 그 벽에 비스듬히 기대 머리 위에 먼지를 눈처럼 쌓은 채 겨울을 버텨내는 빛바랜 책들, 오래된 기름 난로가 뿜어내는 아지랑이로 출렁이는 풍경. 이런 것들이 일 년 내 잠자던 감정을 일깨운다.

어쩌면 이런 정경이 삶의 풍경이었기에 러시아에선 체호프도, 도스토옙스키도, 언 손을 녹여가며, 언 발을 꼼지락거리며 글을 썼는지도 모르겠다. 그래서 내가 문학을 떠올렸을 때, 러시아가 내 머릿속으로 걸어왔는지도, 추운 날씨에 미련하게 앉아 있고 싶었는지도, 바뀌지 않은 외등이 달리 보이는 걸지도 모르겠다.

여하튼 겨울엔 러시아 문학이 읽고 싶어진다.

별 셋 실업자 스파이,
그리고 B급 소설가

　예전에 '별 셋'이란 가수가 있었다. 팀 이름이 별 셋인 이유는 항상 별 세 개 이상의 노래를 선보이겠다는 의지의 표명 때문은 아니었고, 그저 멤버가 세 명이었기 때문이다. 주로 어린이 프로그램에 나와 거대한 탈 인형을 쓴 아르바이트생들과 함께 춤을 추며 노래를 불렀는데, 당시 〈TV 유치원 하나 둘 셋〉에 나와 프로그램 명에 걸맞게 '하나 둘 셋' 하며 노랠 불렀다. 말미에는 '황문평 고희앨범' 같은 데 참여해 〈빨간 마후라〉 같은 잊힌 노래를 불렀다. 나는 〈빨간 마후라〉도 좋아했고, 〈TV 유치원 하나 둘 셋〉 역시 좋아했으므로, 적어도 내게 가수 '별 셋'의 인생 평점은 이름대로 별 셋 이상이 아니었나 싶다. 어쨌든 가수 이야기하면서도 평점을 이야기하는 건, 요즘엔 누구나 영화를 보면 '별 몇 개'라는 식으로 평점을 매기기 때문이다.

나는 남들이 다 하는 건 "아이. 뭘 그런 걸 해"라고 말해놓고 속으로는 제법 따라 하는 성격의 소유자이므로, 그간 은밀하게 혼자서 본 영화의 평점을 꼬박꼬박 매기고 있었다. 2010년부터 매기기 시작해, 그 후 본 개봉영화 백 편 이상에 평점을 매겼다. 별 다섯을 차지한 영화는 별 개수에 걸맞게 총 다섯 편이었다. 〈그을린 사랑〉, 〈파이터〉, 〈음모자〉, 〈나잇&데이〉, 〈레드〉. 생각해보니 이건 철저한 개인 취향의 산물이었다. 나는 원래 불가능에 도전하는 운동과 여행을 좋아하므로, 당연히 복싱 영화와 로드무비를 좋아한다. 게다가 남의 비밀을 파헤치는 걸 무척 좋아하므로 희박한 비밀의 단서를 추적하는 로드무비 역시 좋아한다. 그러니 〈그을린 사랑〉 같은 막강한 비밀을 파헤치는 영화나, 〈파이터〉처럼 질퍽질퍽한 현실 가운데 묵묵히 주먹을 뻗는 복싱영화는 자연스레 호감에 젖어 본다. 게다가 미약한 하나의 단서를 가지고 집요하게 진실을 파헤치는 유의 법정영화도 상당히 좋아하므로, 세련된 대사로 무장된 〈음모자〉 같은 영화도 당연히 좋아한다. 반면,

〈나잇&데이〉는 유럽의 여러 도시를 배경으로, 현실에서는 있을 수 없는 첩보 액션을 선보여 나의 눈동자를 단단히 화면에 붙들어놓았기 때문이 아니라, 그저 카메론 디아즈가 나왔기 때문이다. 활짝 웃으며 나왔다. 16대 9의 시네마스코프에 가득 찬 그녀의 입술은 가히 별 다섯뿐 아니라 타국의 별까지 떼 붙여도 괜찮지 않을까 싶다. 그러면, 〈레드〉는 어째서 〈그을린 사랑〉과 같은 명예의 전당에 들어섰냐면, 영화를 보는 내내 숙면을 취할 수 있었기 때문이다. 나는 당시에 불면증으로 상당히 고생을 하고 있었는데, 어찌된 영문인지 극장 의자에 앉아 브루스 윌리스의 얼굴을 보자마자 깊은 잠에 빠져들었다. 중간에 잠시 깨긴 했지만, 그의 눈동자를 얼핏 보고 다시 깊은 잠에 빠졌다. 거짓말처럼 그 영화를 보고 난 후 불면증이 완치되었다. 배우의 동공 이면에 수면의 세계로 통하는 문이 숨겨져 있는 게 아닐까 싶을 정도로, 의학적 기능이 상당한 영화였다. 아무튼 이 정도의 영화들이 별 다섯이었는데, 어젯밤 새로운 영화 한 편이 이 리스트에 추가되었다. 제목은 바로 〈팅커 테일러 솔저 스파이〉.

게리 올드만이 은퇴한 영국 정보국의 요원으로 나오는데, 상당히 현실적인 영화다. 007 유의 목숨을 건 허세 섞인 농담이 나오는 첩보영화와는 대척점에 있다 할 정도로 건조하고, 냉철한 영화다. 사람으로 치자면 결코 드러내는 패션을 구사하거나, 쓸데없는 말은 입에 담을 생각조차 않는 노학자 같은 타입의 영화다. 실제로 영화에는 이런 학자 같은 요원들이 등장해 진급이나 자리보전에 관한 고민을 한다. 게리 올드만의 상관인 '존 허트'는 영화를 보는 내내 문학평론가 김윤식 선생을 떠올리게 했다.

배경에는 70년대 부다페스트의 노천카페가 등장하고, 훌리오 이글레시아스의 〈라 메르La Mer〉와 트럼펫으로 연주되는 엘가의 〈사랑의 인사〉가 요원들의 죽음에 처량하게 맞물린다. 주인공인 게리 올드만은 영화가 시작된 지 20분이 지나도 대사를 한마디도 하지 않는다. 인물들은 자신을 드러내는 색상의 옷은 멀리하고, 회색 재킷이나 기껏 화려해봤자 조개껍데기 줄무늬 정도의 양복만 입고 앉아 있다. 대화를 할 때면 언제나 유리잔의 밑바닥엔 호박색의 위스키가 채워져 있고, 인물들의 얼굴과 얼굴 사이엔 담배연기가 물잔에 떨어진 잉크처럼 번져간다. 요원들은 그야말로 동유럽의 햇빛이라고밖에 할 수 없는 은근한 햇빛을 받으며 이야기를 하고, 그 쓸쓸하고 처량한 풍경에 어울릴 법한 70년대의 파리와 이스탄불, 부다페스트가 차례로 스쳐간다.

첩보영화에 흔히 등장하는 액션 신 하나 없으면서, 어찌 이토록 완벽할 수 있을까 싶다. 물론 원작의 문학적 매력, 뛰어난 연출, 관록 있는 배우들의 호흡 같은 것이 모여 공명을 이뤄냈겠지만, 실은 이 영화에 이토록 매력을 느낀 가장 큰 이유는 어릴 적부터 첩보원을 꿈꿔왔기 때문이다(그렇다. 이 글은 오늘부로 첩보 스릴러 에세이다). 어릴 적의 나는 조그마한 해안도시에서 매일 밀려오는 바다의 변함없는 풍경을 보며 머릿속에 그림을 그렸다. "나는 미하일로 세일로비치 스탄코프스키요. 어서 내 스위스 비밀계좌로 3만 불을 입금하시오. 그럼 이만. 아, 이 전화기는 3분 후에 폭발하오." 서랍을 열면 콧수염과 구레나룻, 매부리코 등으로 변장한 수십 종의 여권이 국가별로 정돈돼 있고, 각국의 현찰과 다양한 도청기들이 마치 문필가의 펜처럼 정렬해 있다. 눈에 띄지 않아야 하므로 결코 이태리 양복 따위를 입는 법은 없고, 상황에 따라 '쩨 민소쿠'가되었다가, '민수어런'이 되었다가, '초이아노프스키'가 되기도 한다. 간혹 페테르부르크에서 나타샤가 눈물 자국에 펜이 번진 구애편지를 보내지만, 서울에서 받은 편지봉투를 뜯어본 곳은 36시간의 도주를 가까스로 끝낸 후 마침내 한숨을 돌린 잘츠부르크에서다. 나는 조용히 나타샤의 집 앞으로 시들지 않은 장미 한 송이를 보내고, "첩보원에겐 사랑도 허락되지

않는군" 하는 말을 마침내 모국어로 속삭이며 코트 깃을 세우고 고독하게 프라하의 뒷골목을 걸어간다. 물론, 그 와중에도 한손은 코트 주머니 안자락에 있는 총신을 쥐고 있다.

그러나 어른이 되면서 깨달은 첫 번째 사실은 꿈의 목록에 있던 것들은 시간이 지나면 스스로 불가능의 목록으로 하나둘씩 걸어간다는 것이었다. 빙하기 같은 청춘의 실업을 겪으며 그러한 아쉬움은 현실이 되었고, 현실의 색채는 더욱 짙게 내 삶을 채색했다. 이미 세월의 매를 흠씬 맞은 나는, 당연히 첩보원이란 직업을 어느덧 아련한 유년의 추억으로 보존하고 있었다. 그래도 무너지기 쉬운 장식이 얹힌 미니 케이크를 양손으로 받치고 운반하는 심정으로 애달프게 간직하고 있었다. 삶은 그렇게 솜사탕 같은 꿈을 먼저 내밀고, 그 달콤함에 빠져 있을 때 채찍 같은 현실을 보여주었지만, 첩보원이 될 수 없었던 소년에게 희망이 없을 만큼 냉정하진 않았다. 현실의 세계 속에서 살아야 하는 내게 삶은 국제구호기관에서 이 나라 저 나라를 다니며 일할 수 있는 선물을 주었다. 그리고 비록 첩보원은 아니지만, 머릿속에서 이 나라 저 나라 다니며 몹쓸 짓을 하고, 이 이름 저 이름 바꿔 써먹으며 사람들의 험담을 할 소설가라는 선물도 주어졌다.

물론 첩보원은 아니지만, 이런저런 필명을 써대는 B급 소설가 역시 나쁘지만은 않은 것 같다. 언젠가는 첩보소설을 한번 써보고 싶다. 그런 겨울이다.

*

그나저나 소파 방정환 선생은 필명이 확인된 것만 39개랍니다. 게다가 중절모에 코트는 왠지 스파이 같지 않습니까.

문학과
음악

누군가 나에게 당신은 문학을 하는 사람입니까, 음악을 하는 사람입니까 물어보면 당연히 여기저기 기웃거리는 사람이라고 말할 수밖에 없다. 그런데 직업 기입란의 칸이 좁아서 하나만 택해야 한다면, 어쩔 수 없이 문학 쪽에 표기를 할 수밖에 없다. 밴드 멤버들에게는 미안한 말이지만, 이는 예컨대 김창완을 연기자로 볼 것인가, 음악인으로 볼 것인가 하는 문제와 비슷하다. 내 관점으로 김창완은 음악인이다(그는 영원한 로커니까). 거두절미하면, 나 역시 문학인이다. 가장 큰 이유는 문학은 약간이나마 돈을 받으며 하지만, 음악의 경우 전적으로 돈을 쓰면서 하고 있기 때문이다. 말하자면, 나는 문학에서 번 돈을 음악에 쏟아붓고 있다. 그러니 주업은 당연히 문학이고, 음악은 어찌 보면 부업도 안 되는 일종의 자아실현 혹은 자위에 해당한다.

그런데, 문학과 음악을 동시에 하다 보면 자연히 이 생산과정과 의미에 대해 비교를 해볼 수밖에 없다. 일단 가장 큰 차이는 이름에 담긴 의미다. 문학文學은 '글로써 무언가를 배운다'는 뜻이고, 음악音樂은 '소리로 무언가를 즐긴다'는 뜻이다. 그런데 나는 문학을 하면서 누군가를 가르치겠다고 생각해본 적도, 그럴 자격이 있다고 생각해본 적도 없다. 아울러, 나역시 한 명의 독자로서, 누군가의 문학작품을 읽으면서 '반드시 삶의 교훈을 배워야겠어!' 하고 결심한 적도 없다. 간혹 삶의 교훈이나 가치를 배우기도 했지만, 대부분 그저 글로 쓰인 이야기를 즐길 뿐이었다. 그러므로 누군가 나를 한문의 뜻대로 '문학인'이라 부른다면 선뜻 동의하기 어렵다. 가르치기보다는, 오히려 글을 '쓰면서' 내가 배우는 경우가 더 많다. 고로, '쓰면서 배운다'는 측면에서는 문학인이 맞다. 그러나 사회적으로 나와 같은 해석을 하는 사람은 거의 없으므로 문학인이라는 표현은 여전히 어색하다. 게다가, 문학인들을 대개 선생님이라 부르는데, 나는 뭔가를 가르쳐보겠다는 생각을 해본 적이 없으므로 역시 버거운 호칭이다. 오히려, 나는 문학을 '글로써 무언가를 즐긴다'는 입장에서 이해하므로, 문학보다는 '문악文樂'이라는 표현이 좀 더 맞는 것 같다. 나 역시 글을 쓰면서 상당히 즐기고 있으므로 '문악인'이라는 표현에 대해서는 거부감이 없다.

문학과 음악의 생산과정 역시 약간의 차이가 있다. 차이콥스키나 심혈을 기울여서 곡을 쓰는 대가들의 경우엔 다르겠지만, 나는 음악을 말 그대로 즐기기 위해, 머릿속에 아무렇게나 떠오르는 가사와 멜로디로 바로 곡을 쓰는 편이다. 그러므로 내게 음악의 생산과정은 철저한 유희의 과정이고, 문학의 생산과정은 (큰 틀에서 보면 유희의 과정이지만, 현미경으로 보면) 나름의 고통이 부여된 과정이다. 단편소설과 곡을 비교해보자. 아무리 단편이라도 구상을 하고, 초고를 쓰고, 퇴고를 하는 데 적잖은 시간이 걸린다. 하지만, 곡의 경우 그 시간이 훨씬 짧다. 다른 사람들의 경우는 잘 모르겠지만, 나는 즉흥적 기운에 취해 곡을 쓰는 타입이므로 한 곡을 제외하고는 짧게는 5분, 길게는 30분 정도에 썼다(예외가 된 한 곡은, 석 달 정도 걸렸다. 맙소사). 말하자면, (나의 경우에 한해) 음악은 소설에 비해 생산에 들어가는 평균시간이 짧은 편이다.

그렇지만 음악은 짧게 쓴 곡을 결과물로 만들어내는 데 훨씬 오랜 시간이 걸린다. 소설은 작가가 글을 쓰고 편집자에게 보내버리면 사실상 거의 마지막에 이르렀지만(간혹 집필보다 편집에 더 오랜 시간과 노력이 들어가기도 한다), 음악은 곡을 쓴 것이 거의 시작이라 할 수 있다. 곡을 썼으면, 연주를 하고, 사운드를 점검하고, 되겠다 싶으면 녹음을 한다. 편집을 하고, 믹싱을 하고, 마스터링을 한다. 인디 음악인이라면 재킷 디자인과 방송심의 등록, 저작권 문제, 실연자 권리까지 직접 챙겨야 한다. 마케팅까지 할 경우 뮤직비디오도 제작하고, 보도자료까지 써야 한다. 반면, 소설은 원고 작성 외에 이와 유사한 모든 과정이 출판사에 의해 진행된다. 편리하다면 편리한 방식이다.

하지만, 소설은 내 쪽에서 아무리 빨리 원고를 끝내더라도, 원고가 별로이거나 책을 내줄 출판사가 나타나지 않으면 곤란하다. 반면, 음악은 뮤지션이 직접 곡을 쓰고, 연주와 녹음을 하고, 릴리즈까지 하므로, 유통사만 결정된다면 언제든지 음반을 낼 수 있다. 심지어 유통을 직접 하는 음악인까지 있으니, 스스로 버리지만 않는다면 작품이 평론가들의 평가에 의해 발표되지 않는 경우는 없다. 장점이라면 장점이다.

이런 구조이다 보니, 나는 어쩔 수 없이 둘 다 기웃거리는 사람이지만, 여전히 음악을 하기 위해서는 내 돈을 투여하고, 문학을 하기 위해서는 이런저런 평을 들어가며 출판에 동의를 해주는 것만 발표하는 방식을 따르고 있다. 애석하다면 애석하지만, 내 돈이 들지 않는다는 장점이 있다. 음악과 문학 중, 어떤 방식이 수월한지 비교하는 것은 어려운 문제지만, 현실적으론 이런 장단점이 있다.

아무튼, 둘 다 뭔가를 쓴다는 것은 즐거운 일이다.

'음악'이건, '문학'이건.

마감을

지키는 법

나는 뭔가를 꾸준하게 지켜오는 것에 대해 부담을 느끼는 편이다. 그럼에도 불구하고 어릴 적부터 줄곧 지켜오는 것이 있다. 그것은 바로 '약속 시간을 잘 지키지 않는다'는 것이다. 이 습관은 삶의 전반에 걸쳐 꾸역꾸역 지켜왔다. 물론, 어쩌다 보니 생긴 결과다. 무언가를 지켜서 꼬박꼬박 해낸다는 것은 상당히 번거로운 일이고, 나처럼 온갖 일에 여유를 부리는 사람에게 약속 시간을 칼같이 지킨다는 것은 상당히 어려운 일이다. 학교를 다닐 때는 물론이고, 회사를 다닐 때도 장기 지각을 해왔고, 심지어는 라디오 생방송에 출연할 때도 땀을 흘리며 헐레벌떡 뛰어들어가 거친 숨으로 "여러분. 부디 느긋한 마음으로 읽어주시기 바랍니다"라는 말을 몹시 성급하게 하기도 했다. 이처럼 개인의 역사를 뒤돌아볼 때, 시간에 관계된 것은 이런저런 핑계로 늦기 일쑤였는데, 스스로도 의아하게 지켜온 것이 하나 있다.

바로 원고마감이다. 아직 확인된 것은 아니지만, 최근에 《금각사》로 유명한 미시마 유키오가 할복자살을 하기 전에 무엇을 했냐 하면, 다름 아닌 원고마감을 했다는 이야기를 들었다. 나는 어쩐지 '그렇군' 하며 공감하고 말았다. 간혹, 중년 이상의 지긋한 작가들이 영웅담 삼아 "거. 88년에 말이야. 편집자가 늦어진 원고 받으려고 우리 집 앞에서 텐트를 치고 있었지 뭐야"라거나 "자네. 단편소설은 원고마감 열 시간 전까지 술로 영혼을 축이다가, 거나해지면 술김에 단숨에 쓰는 거라네"라는 유의 말을 하더라도, 나는 전혀 감명을 받거나 감탄하지 않는다. 아니, 솔직히 말하자면, 그런 유의 작가들을 신뢰하거나 존경하지 않는다. 나는 오히려 원고마감에 대해서라면 분 단위까지 신경을 쓰며 철저히 지키는 타입이다. 사실 어제도 밤을 새워 다른 일을 하고, 장염으로 고생을 하고 있고, 원고마감까지 겨우 40분밖에 남지 않았지만 이 글을 쓰고 있다. 물론, 이 글은 누군가의 청탁을 받은 것도 아니고, 스스로 마감을 6시로 정하고, 어딘가에 있을 어떤 독자가 '아, 최민석 씨는 6시면 원고를 올리겠지'라며 혹시나 기다릴까 싶어 헐레벌떡 커피숍으로 달려가 노트북을 켜고 키보드를 두드리고 있는 것이다. 왜냐하면 작가에게 가장 기본이 되는 출발점이 자, 동시에 자신의 책을 만들어주는 편집자와 시간을 내어주는 독자에게 지켜야 하는 최소한의 예의가 바로 제때 '원고를 마감'하는 것이라 여기기 때문이다. 그렇기 때문에 원고의 질이 나쁠지언정, 그래서 다시 고치는 한이 있을지언정, 일단 약속한 마감 시간은 반드시 지키려 한다. 내 기억으로는 이런저런 사정으로 인해, 서로가 합의해서 마감 일자를 연기한 적은 있어도, 내 쪽에서 일방적으로 원고를 늦게 준 적은 아직은 없다. 세상엔 여러 가지 부끄러운 말이 있지만, 아무래도 나의 경우엔 "죄송합니다. 하다 보니 마감을 지키지 못했습니다"라는 말이 가장 부끄러운 말이다.

그렇다면, 부끄럽지 않기 위해서 어떻게 마감을 지킬 수 있을까. 사실 나는 가급적이면 다음의 두 가지 법칙을 지키고 있는데, 이것은 마감을 지키는 데 매우 중요한 원칙이면서 동시에 읽을 필요가 없을 만큼 간단한 것이다. 첫째는, 가급적이면 글을 일찍 써두는 것이고, 둘째는 글감이 떠오르지 않으면

아무 말이라도 쓴다는 것이다. 아니, 이렇게 간단할 수 있느냐고 할지 모르겠지만, 이렇게 간단하다. 예상치 못한 급성 장염으로 하루의 대부분을 화장실에서 보낼 수도 있고, 집에 오다가 취객에게 교통사고를 당할 수도 있고, 내 원고에 불만을 품은 어느 익명의 독자가 나를 둔기로 내려칠 수도 있으므로, 가급적이면 일찍 써둔다. 세부적으로 말하자면, 공식적인 마감일 전에 개인적인 마감일을 따로 둔다. 그 시간을 지켜서 글을 써두고, 생각이 나지 않으면 아무 말이라도 쓴다. 아니, 아무 말이라도 쓰면 횡설수설하고, 재미도 전혀 없을 수 있지 않느냐 한다면, 그렇다. 횡설수설하기도 하고, 상당히 지루한 이야기를 쓰기도 한다. 그러나 컨디션이 나쁜 선발투수가 로테이션이 돌아오면 강판당하는 한이 있더라도 일단은 등판을 해야 하듯, 작가는 일단은 펜을 움직여야 한다. 던지다 보면 승부욕이 생겨서 전력투구를 할 수도 있고, 쓰다 보면 자존심이 상해서 뇌에 최대치의 긴장감을 부여해 재미있는 글을 쓸 수도 있다. 물론, 쓰고 보니 재미가 없으면, 마음을 추스르고 계속 고치며 쓰면 된다. 초구부터 홈런을 맞고 연이어 안타를 맞았다 해서 벤치에서 부르지도 않았는데 투수가 스스로 마운드에서 내려갈 수 없듯이, 나 역시 첫 문장이 마음에 들지 않고 첫 문단이 별로라고 해서 곧장 노트북을 덮을 수는 없다. 두세 시간 정도는 허리를 굽히고 스트라이크 존을 노려보는 투수처럼 모니터를 응시하며 키보드와 씨름한다. 투수가 승부에 대한 자존심을 버리지 않듯이, 작가가 예술적 자존심을 버리지 않으면, 식상하고 안이한 표현들로 점철된 문장들이 손끝에서 계속 나오더라도, 겸허한 마음으로 내 손끝에서 폭투가 끝나고 좋은 공이 나오기를 바라는 투수의 심정으로 매끄러운 문장을 기원한다.

축축한 검은 하늘에 비가 추적추적 내리고, 차가운 바람마저 불어 도저히 던질 수 없는 상황에 처하더라도 투수가 묵묵히 던지며 스스로 열을 내다 보면, 어느 순간 하늘이 개이고 맑은 구름과 찬란한 태양이 나타나듯, 거짓말처럼 어느새 만족할 만한 문장들이 모니터 위에 둥실둥실 떠 있다. 그럴 때, 커서가 깜빡거리며 움직이는 것을 보면 어쩐지 '늦어서 미안해'라며 말을 건네는 것 같기도 하다. 물론, 나 혼자만의 느낌이다. 하지만 이런 작은 착각에 위로를 받기도 한다.

마감을 지키는 것, 게다가 누군가 부탁하지도 않은 — 즉, 스스로 정한 — 마감을 지키는 것은, 사실 나도 버겁다. 그러나 누군가, 그러니까 친구들이, 주변의 이웃들이, 혹은 가족들

이 자신의 이름 뒤에 '작가'라는 호칭을 붙여준다면, 그 부담
은 어쩔 수 없이 짊어져야 하지 않나 싶다(네. 어깨가 아픕니다).

*

　아니, 그런 부담을 짊어지면서 꼬박꼬박 마감을 지키면 때
론 부끄러운 글도 나오지 않나요, 라고 물으신다면, 그렇습니
다. 물론, 오늘 같은 글도 나옵니다. 뻔뻔해야만 발을 뻗고 잘
수 있습니다.

에세이와 시범경기가
좋은 이유

　어떤 프로야구 팀을 응원하느냐에 따라 한 사람의 인생관이 달라진다, 라는 건 물론 과장이다. 하지만, 적어도 인내심을 기르거나, 마음을 수련하는 데는 도움이 될지도 모른다. 그 일례로 내가 야구를 모르던 시절, 즉 '보이스 비 앰비셔스!' 따위의 현실과는 30억 광년 정도 떨어진 구호를 경전처럼 이해했던 소년 시절, 나는 퍽 조바심이 많고 성미가 급했다. 그런데, 신이 나를 성인군자로 만드시려 했는지, 어느 날 MBC 청룡의 팬이 되게 했다. 도박으로 패가망신한 사람의 공통점이 그러하듯, 그 후 나는 그들이 이뤄낸 몇 번의 통쾌하고 찬란한 승리를 목격하며 그만 야구의 재미를 느끼고 말았다. 허나, 운명은 언제나 얄궂은 법. 진정한 야구의 재미를 알자마자, 기다렸다는 듯이 신은 20대 청년이 된 내게 야집과 미련을 비 위내게 하고, 삶이란 원래 허무한 것이며, 결국 인내심과 이 해심이 없이는 살 수 없다는 깨달음을 주셨다. 이는 모두, 지 난 9년 동안 가을의 문턱에서 신의 계시를 받은 LG 트윈스가 '가을은 모름지기 독서의 계절'이란 사실을 상기시켜 주었기 때문이다. 그뿐 아니라, 고통의 감정이 수반될 때 낙엽의 아름 다움과 커피의 맛은 더욱 진가를 발휘할 수 있다는 것도 알려 주었다. 지난 9년간 이러한 가을을 보내다 보니, 문득 든 깨달 음이 하나 있는데, 그것은 시즌 경기의 덧없음이다. 그렇게 생 각하다 보니 아무래도 시즌 경기보다 시범경기가 더욱 재미있 게 느껴졌다. (사실 성적에 연연하는 시즌 경기야말로 신자유주의 의 산물이며, 승패에 상관없이 경기를 하는 시범경기야말로 진정한 스포츠 정신의 결과물이다!)

    잠시 다른 이야기를 하자면, 소설가가 된 이후 사람들이 거 의 매번 물어보는 질문이 하나 있다. 그건 도대체 왜 소설가가 됐냐는 것이다. 이 질문에 나는 사석이건, 공석이건 거의 빠 짐없이 진심으로 답해왔다. 하지만 어찌된 영문인지 사석에선 믿어주는 사람이 없었고, 공석(즉, 인터뷰)에선 기사화된 적이

한 번도 없었다. 지면을 빌려서 다시 한 번 말하자면, '나는 에세이를 쓰기 위해 소설가가 되었다.' 그렇다. 한국에선 에세이를 쓰기 위해선 '반기문'이나, '박지성', 아니면 '김연아'가 되어야 하고, 그게 불가능하다면 '시인'이나, '소설가'가 되어야 한다. 물론, 나는 소설가의 길을 택했다(이 나이에 판탈롱을 신고 트리플 악셀을 연습할 수는 없지 않은가. 물론, 시인의 길이 있긴 했지만, 아무래도 소설가가 낫겠다 싶었다). 어쨌든 나는 에세이에 몹시 강한 흥미를 느꼈고, 그 흥미는 여전히 지속되고 있다. 그런데 프로야구 시범경기가 시작된 오늘 되돌아보니, 내가 에세이를 좋아하는 이유가 시범경기를 좋아하는 이유와 닮아 있다는 생각이 들었다(오늘은 참 길게 돌아왔다).

1. 에세이와 시범경기는 담백하다.

소설가가 되기 전에 쓰는 에세이는 다르겠지만, 일단 소설가가 되고 난 후 쓰는 에세이는 담백할 수밖에 없다. 소설가라는 타이틀이 붙으면 본인이야 그렇게 생각 안 할지라도 독자나 평단은 '음. 저 사람은 일단 소설가니까, 아무래도 소설을 집중해서 쓰겠지'라고 생각한다. 물론 나는 에세이를 더 좋아하지만, 그렇다고 해서 시대의 역작을 내놓아야지, 라고 다짐하고 쓰진 않는다. 좋아하긴 하지만, 별 부담 없이 담백하게 쓰려 한다. 쓰는 사람이 이러한 마음이므로, 읽는 사람의 입장에서도 아무래도 소설보다는 담백하게 읽을 수 있다(고 나는 생각한다. 아니라면, 뭐 어쩔 수 없다). 시범경기 역시 선수 개인에 따라 다르겠지만, 전체적으로 본다면 아무래도 시즌만큼 잔뜩 긴장해서 경기에 임하진 않고, 던지는 사람도 치는 사람도 보는 사람도 서로 담백하게 볼 수 있는 것이다(역시 아니라면, 어쩔 수 없고).

2. 에세이와 시범경기는 실험의 장이다.

본업이 에세이 작가라면 이 역시 다른 문제이겠지만, 소설가는 아무래도 소설로 평가를 받으므로, 새로운 실험을 에세이에서 잔뜩 해볼 수 있다. 나 역시 위험부담이 큰 기법이나 표현은 일단 에세이에서 한 번 써보고, '뭐. 썩 못 봐줄 정도는 아니잖아'라는 생각이 들면 소설에 응용한다. 시범경기 역시, 작년의 선발투수가 갑자기 마무리 투수로 나오고, 작년의 중간계투가 선발로 나오는 등, 온갖 실험의 무대가 되고 있다. 이건 이것대로의 신선하고, 새로운 재미가 있다.

3. 은근한 승부욕이 생긴다.

소설가가 쓴 에세이를 두고, 밤새 안경을 고쳐 쓰며 텍스트를 분석하는 문학 평론가는 없다. 그저 '호오. 이런 것도 썼군. 어디 한 번…'이란 심정으로 읽는다. 시범경기를 졌다 해서, 마운드에 불을 지피는 팬 역시 없다. 그저 '올해도 가을엔 등산을!' 하고 새로운 계획을 짤 뿐이다(하위팀을 응원하는 건 어쩐지 친자연적이죠). 하여튼, 시범경기와 에세이는 시즌 경기와 소설이 아니라서 담백하지만, 그렇다 해서 프로 선수와 전업 작가가 실투를 하거나, 실언을 남발하진 않는다. 이건 이것 나름대로 노력과 긴장이 있기 마련이다. 한 경기 한 경기마다 팀 성적이 바뀌고, 연봉이 깎이고, 공 하나에 선수 생명이 끝장나는 일은 없지만, 프로선수 각자의 명예와 스포츠 정신을 품고서 경기에 임하는 것이다. 마찬가지로, 에세이가 엉망이라 해서 수상 예정인 문학상이 취소되거나, 소설 계약이 파기되진 않지만 글쟁이로서의 창작열과 작가정신마저 버리고 원고에 임하지는 않는다. 그러므로 어깨에 힘을 풀고 담백하게 이런저런 실험을 해보기도 하면서, 동시에 나름의 노력을 기울이게 되는 것이다.

이런 맥락에서 보면, 부담 없이 여러 실험을 행할 때 새로운 것이 탄생하는 것 같다. 단지 먹고살기 위해 배트를 잡고 펜을 잡지 않았다면, 적어도 인생의 일정기간 동안 몸과 마음을 쏟을 만큼의 애정은 있을 것이다. 그렇다면, 시범경기에 나서는 타자와 에세이를 쓰려는 소설가는 자신이 좋아하는 이 '실험의 장'에서 마음껏 이런저런 시도를 해보지 않을까. 그리고 어찌 보면 이 실험의 장은 비록 조금씩이지만 매일 마르지 않고 조금씩 솟아나게 하는 '영감의 샘'이 아닐까.

그나저나, 어서 시범경기를 보러 가야겠군요.

*

소년소녀 여러분, 너무 어릴 때부터 하위팀을 응원하면 염세주의자가 될 수도 있습니다.

온 자연이
필요하다

아프리카 속담에 '한 아이를 키우는 데, 온 마을이 필요하다'고 한다. 한 아이가 건강히 자라기 위해서는 최민석의 에세이는 없어도 되지만, 가족의 보살핌과 마을 주민들의 관심과 애정은 물론, 깨끗한 식수를 비롯해 학교, 병원 등 마을 전체의 도움이 필요하다는 말이다. 먼 대륙의 말이라, 이를 내 식으로 변용해보자면 이렇다.

'한 사람이 살기 위해서도, 온 자연이 필요하다.'

어째서 이런 생각을 하게 됐느냐면, 작가로 살아가기 위해선 당연히 글을 써야 하고, 누군가가 그 글을 읽어줘야 하기 때문이다. 그게 어째서 자연과 연관이 있느냐면, 결국 누군가에게 읽히기 위해서는, 그 글들이 책으로 생산되어야 하기 때문이다.

물론 전자책이 나오고 인터넷 화면으로 글을 보는 일이 늘긴 하지만, 아직은 아날로그적 물성과 향수를 사랑하는 사람이 많기에 책은 여전히 왕성하게 찍히고 있다. 나 역시 책 자체가 주는 효용성과 낭만적 특성 때문에 전자책보다는 종이책을 선호한다. 하지만, 여기에는 엄연히 문제가 발생한다.

나 같은 변방 작가의 책을 찍어내기 위해서 나무가 베어져야 하는 것이다. 이제는 한국의 나무로 모자라, 중국과 캐나다의 나무까지 베어가며 책을 찍어내고 있으니, 다시 말해 나(같은 변방 작가)는 '과연 이따위 글 때문에⋯'라고 생각할 수밖에 없는 것이다.

게다가, 나는 거의 자리에 앉으면 글을 쓰는 다작 중의 다작을 하는 유형의 작가이므로, 이러한 생각은 할수록 더욱 골치 아파진다. 물론 모든 일에는 우선순위라는 것이 있다. 나무를 베더라도 '이 글만은 책으로 만들어져야 한다'는 확신이 서면 어쩔 수 없다. 하지만, 그렇지 않은 경우에는 혼란스럽다.

몇 개월에 걸쳐 골머리를 썩여가며 소설을 완성했지만, 과연 확신 없는 글 때문에 중국과 캐나다와 인도네시아의 나무들이 잘리어져가고, 그 때문에 지구 온난화가 일어나고, 그 때문에 우리는 에어컨을 더욱 심하게 틀고, 그 때문에 오존층은 더욱 파괴되고, 그 때문에 온난화는 더욱 심해지고, 그 때문에 집이 녹아버린 북극곰은 물에 빠져 죽고, 이 와중에 히말라야의 만년설이 녹아내리고, 그 때문에 저지대 지역의 호수가 범람하고, 그 때문에 그 지역 주민들의 논밭이 침수되고, 그렇기에 그해 농사를 망쳐버리고, 그 와중에 상공의 오존층이 뺑 뚫린 에티오피아 어느 하늘 아래에는 직사광선이 땅을 뚫을 듯 내리쬐고, 그 때문에 직사광선에 혹사당한 땅은 윤기를 잃어버린 노파 피부처럼 건조해져 땅의 점착력을 잃어버리고, 이 와중에 하늘에 구멍이 뚫렸기 때문에 정말 말 그대로 하늘에 뚫린 구멍으로 폭우가 쏟아져 내리고, 따라서 이미 점착력을 잃은 땅은 빗물에 쓸리어 내려가고, 그 와중에 그 땅이 벼랑 끝이었다면 벼랑 끝 같은 희망이 절망으로 깎여 내려가고, 그리고 그 벼랑 위에 한 가족의 생계가 달린 논밭이 있었다면, 결국 이 모든 일을 겪은 에티오피아의 벼랑 끝 농가와 히말라야의 저지대 침수 가족이 지구 반대편에서 각자 동시에 '아이고. 최민석 같은 삼류작가 때문에 우리 논밭이 잠기고 떠내려가네'라고 한탄한다고 생각하면, 그야말로 골치 아파지는 것이다.

아울러, 내가 오늘 글을 쓰러 나오면서 '이거 매연이 심해서 걸을 수가 없을 지경이군' 하며 한탄해도, 그것이 결국 내가 쓴 통속 원고 때문에 일어난 일이라면 할 말이 없어지고 만다 (통속 원고 출판 → 삼림 훼손 → 대기 오염(과 온난화, 그로 인한), 자동차 냉방 가속 → 매연의 속출 → '아, 이거 매연이 심해서 걸을 수가 없을 지경이군!'). 결국 나는 자연에 빚을 지고 있고 자연이 내게 자비를 베풀지 않는 한, 나라는 한 명의 변방 작가는 살아갈 수조차 없다. 그렇기에 조금이라도 자연에 덜 미안한 글을 써야 하고, 할 수 있는 기부나 작은 실천이라도 하는 것이 마땅한 직업윤리이자, 글쟁이의 도리이다. 비단 작가로서가 아니라 어떠한 생을 살건, 자연과 우주가 한 명의 인간을 살리기 위해 작동하고 있다는 것은 말하지 않아도 알 것이다.

하지만 우리가 모든 실천을 하는 데는 한계가 따른다. 그래서 우리는 그 실천을 국가라는 거대한 체제에 맡기고 이런저런 혜택을 입으며 살아간다. 국가는 산림청과 여타 기관을 설립해 실천하는 대신 우리에게 의무를 부과하고, 우리는 그 의무의 일환으로 급여명세서에서 땀의 일부가 빠져나가도록 한다. 빠져나간 세금의 항목을 묵묵히 바라보고, 때로는 군대에까지 가서 청춘을 몇 년씩 미루기도 한다. 물론 국가가 유지되는 데는 이 외의 무수한 이유와 원리가 있지만, 그것들은 마치 톱니바퀴의 이빨과 같아서 하나가 어긋나면 전체가 삐걱거릴 수 있다. 물론, 무리를 해서라도 끼워 맞추면 어긋난 이는 뭉툭해져 어떻게든 돌아가긴 하겠지만, 그런 식으로 무리해서 돌리다 보면 결국은 모든 이가 뭉툭해져 어느새 완전히 이가 마모된 톱니바퀴는 빠져버리고 만다. 즉, 사소한 합의를 무시한 하나의 문제가 거대한 체제의 작동을 막을 수 있는 것이다.

그것이 간혹 사소해 보이는 나무 몇 그루이거나, 혹은 쓸모 없거나 아주 사소해 보이는 어느 바닷가의 바윗덩어리 하나일지라도 말이다.

*

이 글을 쓴 날은 제주도에 해군기지를 짓기 위해 구럼비 바위를 폭파한 날입니다.

원래 생각했던
　　　　　인생

　오늘은 아침에 눈을 뜨자마자, 초밥을 먹어야겠다고 생각했다. 그래서 느긋이 씻고 난 후에 초밥집에 갔는데, 왠지 메뉴판에 있는 사누끼 우동이 '왜 그동안 저를 그토록 찾지 않았어요!'라는 눈빛으로 항변하는 것 같았다. 나는 근원을 알 수 없는 동정심에 사로잡혀 결국 우동을 먹었다. 원래 생각했던 메뉴는 이게 아니었다.

　역시 나의 일상이 언제나 정해져 있듯, 나는 오늘도 글을 쓰기 위해 늘 가는 카페로 향하고 있었다. 그런데 늘 지나쳐 왔던 다른 카페 앞의 횡단보도에 서자, 왠지 간판이 '나를 이토록 외면하고도 편하게 살 수 있을 것 같으냐!'는 저주에 찬 눈빛으로 노려보는 것 같았다. 역시 정체를 알 수 없는 인력에 이끌려 다른 카페에 왔다. 원래 생각했던 코스는 이게 아니었다.

카페에 와서 '어서 오늘 보낼 원고를 써야지'라고 노트북을 열었는데, 그만 카페 유리창에 잔뜩 진열된 조르주 심농의 책들을 보고야 말았다. 조르주 심농. 발표작이 무려 400여 편에 달하고, 20개의 필명으로 소설을 발표해 기다리던 독자들을 혼란스럽게 한 작가. 몰입을 하면 11일 만에 한 권을 쓰고, 하루에 포도주를 두 병씩 마시면 보름 안에 장편소설 한 권을 가래떡 뽑듯이, 그냥 '떡' 하니 뽑아내는 작가. 대중들 앞에서 즉석으로 소설을 써내겠다 하며 사람들이 지켜보는 유리 상자 안에 들어가 소설을 한 편 써낸 작가. 나는 그 생전 업적에 비해 너무나 초라하게도 심농의 소설이 고작 세 권 꽂혀 있는 카페의 유리창을 보며 상념에 빠졌다. '그래. 내가 원래 생각했던 작가의 모습은 이런 게 아니었어.'

조르주 심농만큼은 아닐지라도 머릿속에 소용돌이치는 폭풍과도 같은 아이디어를 주체할 수 없어, 도대체 무엇을 먼저 써야 할 것인가 고민하고, 매일 쏟아지듯 분출하는 활자들을 감당하지 못해, 손가락 보험을 들어가며, 손가락 전속 안마사에게 '잘 부탁합니다. 내일 써야 할 분량이 원고지 800매거든요. 허허허'라는 허세처럼 보이는 실상을 고백하고, 다시 눈을 뜨자마자 '아냐! 어제 죽었던 주인공은 살아야 해!'라며, 전날 쓴 800매의 원고를 과감히 쓰레기통에 처박아버릴 줄 아는 강단 있고, 위엄 있고, 활달하고, 명랑하며, 재치 있고, 왕성한 작가이길 바랐던 것이다… 라는 건 거짓말입니다(죄송합니다).

실은 소박하게 매일매일 원고가 나오든 나오지 않든, 성실한 대장장이처럼 책상에 앉아 꾸준히 쓰는 게 목표였습니다. 그리고 청탁이 있든 없든, 소설이 발표되든, 발표되지 않든 흔들리지 않고, 꾸준히 쓰고 싶은 바를 쓰는 게 역시 목표였습니다(나는 왜 존댓말을 하고 있는가!).

아무튼, 나는 이것을 상당히 조촐한 목표라 생각하고 그것을 실천하기 위해 지난 2년간 거의 매일 원고를 써왔다. 그러나 이것이 얼마나 욕심으로 가득 찬 목표인지를 요즈음에야 깨닫고 있다. 그저께 무라카미 하루키의 단편소설에서 "재능을 모두 소진한 작곡가의 표정"이란 표현을 접하고, 나는 창자가 쓰려오는 고통을 느꼈다. 내 입장에서 세상에서 가장 슬픈 표정이란 바로, 재능을 모두 소진한 작곡가의 표정, 즉 더 이상 자신의 몸에서 분출할 영감이 없는 예술가의 얼굴인 것이다. 무릎이 상한 마라토너의 표정, 아킬레스건이 잘린 축구선수의 표정, 손가락이 잘린 기타리스트의 표정, 영감을 상실한 소설가의 표정, 이라는 것이 내가 생각하는 애처로운 표정인 것이다.

왜 이런 말을 하느냐면, 나는 지난 2년간의 원고작업을 통해 한 명의 평범한 사람이 끊임없이 정기적으로 작품을 발표하고, 그 작품의 질을 유지한다는 것이 얼마나 고통스러운 일인지 비로소 절감했기 때문이다. 그렇기에 오늘 원래 생각하지 않았던 우동을 먹고, 원래 생각지 않았던 카페에 가고, 원래 예상치 않았던 조르주 심농을 만나고 나서야 비로소, '원래 생각했던 작가의 모습'을 떠올리게 된 것이다.

누구든 원래 생각했던 인생대로 산다는 것은 어렵다. 그것은 어찌 보면 고양이에게 털이 없을 수 없듯, 인간에게도 그저 따라 붙을 수밖에 없는 숙명과도 같은 것이다. 털이 싫다 해서 고양이가 매일 아침 온몸을 면도하고 하루를 시작할 수 없듯, 한 명의 평범한 문필업 종사자에 지나지 않는 사람 역시 재능이 조금씩 증발되는 운명을 거부할 수 없다. 그럴수록, 매일 조금씩 빠져나가는 자신의 재능을 소중하게 써내지 않으면 안 되는 것이다.

왜 여행을
떠나는가

나는 아침에 종종 몹시 처치 곤란한 욕구를 강하게 느끼며 눈을 뜨는데, 예컨대 이런 것들이었다. '이야, 햇살이 사표 쓰기에 딱 좋은 날씨야', '이거, 제주도에 가서 회덮밥을 먹지 않으면 왠지 눈물 속에서 살겠어', '어쩔 수 없이 작가가 되어야겠군' 하는 생각이 의지와 상관없이 마치 누군가가 주사를 놓은 것처럼 내 안에 불쑥 들어와 아침부터 괴롭히면, 결국은 그렇게 해야만 해방이 되고야 만다. 이런 이유로 아침에 눈을 떠 오후에 제주에 있거나, 아침에 눈을 떠 오전에 사표를 쓰거나, 아침에 눈을 떠 (비록 오랜 시간이 걸렸지만) 작가가 되었다. 그런데, 오늘 아침 눈을 뜨니 또 하나의 삭제 불가능한 욕구가 움틀거렸다. '후쿠오카에 가야겠어.' 그리하여 나는 이번에도 어쩔 수 없는 심정으로 비행기표를 예매했다(어떤 인생의 결은 이처럼 충동의 결과가 차곡차곡 쌓여 형성되기도 하는 것이다).

그나저나, 도대체 무엇 때문에 나는 한반도에서 눈을 떠서 허겁지겁 현해탄을 건너려 하고, 때로는 대서양을 건너려 했을까. 즉, 우리는 왜 여행을 떠나려는 것일까.

여행을 떠나는 첫 번째 이유는 우리가 살면서 저지른 삶의 과오를 떨쳐내고, 앞으로 나아갈 미래의 길을 모색하고, 현재 내 위치를 점검해보기 위해서, 라는 건 당연히 헛소리고, 순전히 재미를 위해서다. 여행이 재미없다면, (내 기준으로는) 괜찮은 여행이라 할 수 없다. 물론, 눈물 속에 지난날을 회개하고, 제 썩은 껍데기를 길 위에 놓고 왔어요, 라고 말할 수 있지만, 엄밀히 말해 그건 '순례'다. 그런 목적을 원한다면 본격적으로 순례나 피정을 떠나는 것이 나을 것이다. 그럼에도 불구하고 여행에서 돌아와 깨달음을 얻었다 한다면, 그것 역시 재미로 떠났기 때문이라 생각한다. 목적이 깨달음에 있었다면 그 목적을 이루지 못한 여행은 실패로 기억되지만, 그것이 단지 재미일 뿐이었다면 의외로 내려앉은 깨달음이 오랫동안 자리를 틀고 앉아 마음을 진동시키기 때문이다.

여행을 떠나는 두 번째 이유는 일상에 차이를 주기 위해서다. 여행객의 입장에서 보면 일상을 떠난다는 것은 비일상적인 행위인데, 원주민의 입장에서 보자면 우리가 보는 비일상이 그들에겐 일상이다. 즉, 우리는 어딘가로 떠나서 우리에게 비일상이라는 것 역시 일상이라는 것을 깨닫고, 그 비일상을 일상으로 끌어들인다. 즉, 나의 일상이 조금 바뀌는 것이다. 예컨대 여행을 떠나기 전엔 절대 맨발로 걷지 않던 사람이 맨발로 걷는다든지, 어깨를 부딪쳐도 계속 길을 가던 사람이 사과를 하기 시작한다든지, 책을 읽지 않던 사람이 책을 읽기 시작한다든지 하는 작은 변화들이 생기기 시작한다. 그것이 쌀국수를 먹지 않았던 사람이 쌀국수를 먹기 시작했다는 사소한 차이라 해도 상관없다. 일상에 생긴 작은 차이만큼 그 사람의 세계는 조금씩 넓어지는 것이다.

여행을 떠나는 세 번째 이유는 일상을 소중히 간직하기 위해서다. 두뇌로 이해할 순 있어도 우리는 부대끼며 살면서, '나의 하루를 구성하는 것이 얼마나 뻔한 것들인가' 하는 생각에 차츰 젖는다. 현자나 성자라도 이성적으로는 인지하지만, 심리적으로는 매일 흔하게 먹는 김치찌개, 된장찌개, 김 몇 조각 같은 것들이 시시해보이곤 한다. 단기간의 여행으로 일상의 소중함을 깨닫긴 어렵지만, 나는 장기간의 여행을 하다가 내가 발로 찼던 일상이 얼마나 뼈저리게 소중했는지 새삼 절감했다. 무거운 배낭을 메고 아테네의 뜨거운 햇살 아래 '김치찌개, 김치찌개' 하고 걸을 때, 미시시피에서 차를 타고 세 시간을 달려 김치 한 통을 사오곤 했을 때, 1년 내내 영어로 리포트를 쓰고 발표를 하다 비로소 모국어로 글을 쓸 기회가 생겼을 때, 내가 소홀히 했던 일상과 언어가 얼마나 소중한 일인지 깨닫는 것이다. 물론, 먼 곳으로 떠나자마자 "김치찌개, 김치찌개"라고 투덜대고, 집으로 돌아오자마자 "스테이크, 스테이크" 하고 중얼대는 건 상당히 멍청한 짓이지만, 그 애틋한 그리움으로 인해 '비일상의 매력과 일상의 소중함을 적절히 배합하여 살아가는 묘'를 터득할 수 있다. 어째서 이런 당연한 것을 떠나봐야 안단 말이야, 한다면 할 말은 없다. 나란 사람은 무지하여 수차례 떠나고 수차례 돌아오고 난 후에야 가까스로 이 묘를 터득했다.

종종, 밤비행기를 타고 인천공항으로 돌아올 때면 마치 밤하늘의 무수한 별들이 땅 위에 추락해 있는 것처럼 보인다. 반

짝거리며 빛나는 은하수가 땅에 고스란히 착륙해 빛을 뿜어
내고 있다. 그 빛이 결국은 나의 일상이었다는 사실이 여행에
서 돌아오면 더욱 선명해진다.

절주節酒에
대하여

　달리기를 하고 자전거를 타기 때문에 '음. 저 친구 운동을 꽤 좋아하나 보군' 하고 생각할지 모르겠지만, 실은 그렇지 않다. 지금에야 하다 보니 어느 정도 익숙해지고, 역시 하다 보니 어느 정도 취미를 붙였지만, 처음에는 전혀 좋아하지 않았다. 그런데 왜 굳이 마라톤을 완주하면서까지 뛰었느냐면, 장편소설을 쓰는 데 꽤 도움이 됐기 때문이다. 지금에야 쓰다 보니 어느 정도 익숙해지고, 역시 쓰다 보니 어느 정도 느슨해졌지만, 처음에는 쓰기 시작하면 꼼짝 않고 썼다. 화장실에 가서 마지막 한 방울까지 짜내 소변을 보고, 전화기를 꺼두고, 거치적거리는 시계를 풀어두고 '자아! 시작' 하고 속으로 외치곤,

그날 초고를 끝낼 때까지 움직이지 않고 썼다. 평생 글을 써오지 않다가 갑자기 글을 쓰려니 찰나의 영감이 화장실을 다녀오는 사이 사라지거나, 전화 한 통 받으면 싹 증발해버리는 게 아까워서였다. 마치 마라톤 훈련할 때 힘이 들어 잠깐 쉬면 더 이상 뛰기 싫어지는 것처럼, 몹시 몰입해서 쓰다가도 잠깐 딴짓을 하면 금세 쓰기 싫어져버리기 때문이었다. 확실히 꾹 참고 달리다 보니 그것이 어느새 몸에 익었고, 꾹 참고 쓰는 것도 어느새 몸에 익게 됐다.

물론 지금은 화장실도 가고, 전화도 받고, 누가 말을 걸면 농담도 하면서 다시 쓰던 글로 돌아와 쓴다. 초기 긴장상태의 훈련을 마치고 나니 어느 정도 여유가 생겨 이제는 이런저런 소음과 환경의 뒤틀림 속에서도 내면으로 몰입할 수 있는 집중력이 생긴 덕이다. 하지만 애초에 직장을 그만두고 아무런 수입과 어떠한 보장도 없이 글을 쓴다는 것은 꽤나 부담스러운 일이었다. "자, 이제 매월 백만 원씩 입금해줄 테니, 당신은 원하는 글을 잔뜩 쓰시오!"라는 익명의 독지가가 있을 리만무했으므로, 언제까지 비상금으로 '버텨가며' 쓸 수 있을지 미지수였다. 그러므로 정해진 세월 안에 뭔가를 해내지 않으면 또 다시 생업으로 돌아가야 한다는 생각에 잔뜩 긴장하고

쓴 것이다.

그때 내가 정해놓은 생활의 수칙은 아래와 같다.
1. 정해진 시간에 매일 원고를 쓸 것
2. 매일 정해놓은 거리만큼 달릴 것
3. 포만감에 시달리지 않기 위해 정해진 양의 식사만 할 것

그 외의 수칙이 한 가지 더 있는데, 그것은 바로 금주였다.

전혀 쓰지 않던 글을 갑자기 쓰려면 그간 멍청하게 쉬고 있던 뇌를 바쁘게 운동시켜야 하니, 술에 전 뇌를 헐떡거리며 뛰게 만들 순 없었다. 해진 후 조용한 밤의 휴식을 충분히 즐긴 뇌가 아침의 새 공기를 한껏 마시고 뿜어내는 신선한 원고는 가히 평소의 멍청한 나로서는 뽑아낼 수 없는 것이었다. 헉헉거리며 달리고 나면 가끔 벌컥벌컥 마시던 맥주가 생각나긴 했지만, '그동안 마신 알코올로 몇 개의 양조장을 차리고도 남을 정도이므로, 뭐 그런대로 괜찮다'고 여겼다. 확실히 내가 마신 맥주를 모두 한 군데 모아놓는다면 나는 그 안에 익사해서 빠져나오지 못할 지경이었고, 인생에서 얼마쯤은 한 방울도 입에 안 대는 것도 그런대로 괜찮겠다 싶었다. 애써 다이

218

어트를 해야겠다는 생각은 하지 않았으나, 엉겁결에 나잇살이 빠지니 그런대로 만족했다. 게다가 피부도 매끈해졌다. 이런 말은 좀 쑥스럽지만, 30대 중반이 되면 피부에 있던 청춘의 윤기 같은 게 사라질 수 있는데, 어쩐지 절주를 하니 뭔가 청춘의 만료기간을 좀 더 연장받은 기분이다. 이 나이에 피부가 매끈해 보인다고 누가 반말을 할 일은 없으니, 그 역시 나름대로 괜찮았다.

물론 이런 것들이야 부수적인 것이고, 가장 좋은 것은 평소의 나라면 도저히 쏟아낼 수 없는 표현들과 영감들이 아침마다 기지개를 켜고 뇌에서 서로 출발하겠다고 악다구니하는 것이다. 그럴 때면 "거. 한꺼번에 쏟아지지 말고 제발 차례대로 조금씩 나와주세요"라며 외치고 싶은 심정이었다. 미국의 어느 시인은 영감이 올 때 "이봐. 자넨 눈도 없나! 나 지금 운전 중이라고"라고 소리친다지만, 나는 그 정도로 대범하진 않기에 그분이 맘을 바꿔 사라지기 전에 잽싸게 손가락을 움직일 수밖에 없었다. 평소의 나라면 숙취에 절어 무거워진 머리를 달고 다니는 것도 버거운 일이지만, 술을 자제한다는 것만으로도 무한한 영감의 세계로 빠져들 수 있었기에 그것은 사라지는 맥주거품보다 훨씬 귀하고 오래가는 것이었다.

어떤 출판 관계자를 만났을 때, 그는 묻지도 않고 술을 따라 내 자리 앞에 덥석 놓았다. 나는 사정을 말했더니, 그는 "요즘 신인작가들은 패기가 없어. 문인이라면 술을 마시고도 앉은 자리에서 일필휘지로 써야지 말이야"라고 말했다. 일단은 "제가 필력이 없어서…"라고 말하긴 했지만, 나는 그런 문인들의 재능도 언젠가는 소진할 것이라 생각한다. 그러므로 그런 취기에 쓰는 글의 힘은 믿지 않는다.

폴 오스터는 "작가란 신의 선택을 받은 직업"이라 했다. 어찌 보면 내가 아무리 절주를 하고 적절한 운동을 하고, 글을 쓰도록 생활의 습관을 만들어도 "어쩔 수 없는 것은 어쩔 수 없다"는 의미다. 물론, 인정한다. 하지만, 비록 폴 오스터의 말처럼 신의 선택으로 이뤄지는 일이라 할지라도, 긴 세월 동안 평상에 앉아 하늘만 쳐다보며 신의 선택과 영감이 주어지길 기다릴 수는 없는 노릇이다. 아울러, 신의 선택을 받지 못했다 해서 긴 세월 동안 비탄에 빠져 타인의 재능만 흠모하며 책장을 넘길 수도 없는 노릇이다. 역시 대단한 거라 할 순 없지만, 이때껏 몸을 망가뜨렸던 추억이 충분하므로, 이런 자각이 선후엔 '인간으로서 할 수 있는 최소한의 영역에 힘을 쏟아붓는 것이 훨씬 낫다'고 나는 생각한다.

*

그렇다고, 아예 끊어버린 건 아니고, 요즘엔 집필 기간에만
절주를 하고 있습니다.

(그럴 리가요!)

소설과

영화

　최근에 연달아, 소설이 원작인 영화를 보았다. 그러니, 자연히 같은 이야기를 문장으로 풀어낸 소설과 영상으로 담아낸 영화의 차이점을 생각하지 않을 수 없었다.

　나는 원작 소설을 읽을 때와, 개작된 영화를 볼 때 드는 느낌이 마치 '여행을 하는 것'과 '여행 다큐멘터리를 보는 것'과 비슷하다고 생각한다. 우선, 소설엔 분명 독자의 능동적인 속도와 적극적인 해석의 여백이 존재한다. 반면, 영화에는 속도가 이미 정해져 있고, 해석의 공간 역시 소극적으로 존재한다. 이미 빛과 색, 표정과 동작이 존재하기 때문이다. 그러므로 소설을 읽는 것은 걷고 싶을 때 많이 걷고, 쉬고 싶으면 쉬었다 다시 걷는 여행과 같다고 생각한다. 반면에 영화를 보는 것은 카메라의 시선과 속도에 따라 진행되는 여행 다큐멘터리를 보는 것 같다고 생각한다. 그렇다 해서 어느 것이 옳다는 이야기는 아니다. 향유 방식에 따라 각자의 매력이 있고, 편리함이 있는 것이다. 분명한 것은 여행을 가기 위해선 몸을 움직여야 하고 시간과 돈이 일상을 흔들 정도로 들지만, 다큐멘터리를 보기 위해서는 관심과 시간, 그리고 끝까지 볼 정도의 인내가 있으면 되는 것이다. 말하자면, 소설 한 권을 읽자면 나의 경우 적어도 일주일에서 길게는 몇 달이 걸릴 때도 있지만, 영화는 백 분에서 길어도 세 시간이면 하나의 이야기를 접할 수 있다.

다른 하나는 소설이라는 매체는 상당히 제한적이라, 오직 종이와 문장으로만 승부를 걸어야 한다. 간혹 소설에 그림이나 사진을 넣는 작가가 있긴 하지만, 대부분은 그저 19개의 자음과 21개의 모음, 그리고 오로지 검은색 잉크에만 의존해 이야기를 전달한다. 그러므로 나머지 모든 것은 어떻게 되든 간에, 독자가 알아서 재구성하는 수밖에 없다.

반면 영상은 다양한 색으로 구성된 그림과 소리, 음악이 펼쳐지고, 그것이 일정한 속도로 진행된다. '시청자'란 말 그대로

'보고 듣는 사람'이기에 이 둘 중 어느 하나를 게을리하면 해석에 지장이 생길 수도 있다. 그런데 보고 듣는 것은 대부분 정해져 있으므로, 시청자에게 허락된 영역은 해석이고, 그 해석 또한 보고 들은 것을 토대로 하기에 아무래도 자유의 영역은 상대적으로 한정된 셈이다.

반면, 정말 골치 아프게 찍은 감독의 작품을 제외하고는 영화를 이해 못하는 사람은 많지 않다. 그만큼 이해와 해석이 친절한 매체인 것이다. 그런 점에서 소설은 상당히 골치 아프다. 간혹 어떤 이에겐 일생에 남을 책이 되기도 하지만, 어떤 이에겐 시간이 아까울 정도의 휴지 같은 소설이 되기도 한다. 그것은 소설이 가지고 있는 해석의 여백이 때로는 광야처럼 넓어서 그 안에서 금맥을 찾는 사람이 있는 반면, 그 안에서 길을 잃어버리는 사람도 있기 때문이다. 즉, 소설은 소모해야 할 에너지가 많은 매체이므로 허탈함이 클 수도 있다. 반면, 그 여행이 값졌다면 그 여운은 상당히 오래간다. 어떤 작품은 영혼에 문신을 새겨 그 사람의 인생에서 결코 지워지지 않는다.

마음에 들지 않는 나라의 다큐멘터리를 한 편 봤다 해서, 인생에 손해를 보는 경우는 별로 없다. 거의 없다 해도 무방하다. 하지만 마음에 들지 않는 타국을 갔다오고도 태연하게 지내는 사람은 많지 않다. 그곳에서 쌓인 불쾌한 감정, 감당할 수 없는 경비가 생활의 멍에가 되어 돌아온다. 반면, 그곳에서의 찌뿌듯한 경험, 실수마저도 남겨진 일상을 살아가는 데 참고자료로 삼는 이가 있다. 그건 전적으로 독자의 몫이다. 물론 즐거운 여행이 삶을 더욱 기쁘게 할 것이란 것은 길게 말할 필요 없다. 무릇 소설이란 그런 것이라 생각한다. 물론 좋은 소설이란 읽을 때도, 읽고 난 후에도 좋은 삶을 선사한다. 그리고 그 시간의 범위가 여생이 되기도 한다.

'지긋지긋하겠군.

거 참'

며칠 전이 생일이었다. 따지고 보니 만 35세가 된 셈이다. 어찌 보면 반 칠십인데, 그렇게 생각하면 징글징글하다는 생각이 든다. 나는 동료나 선배라 할 만큼 알고 지내는 소설가가 거의 없는데, 어찌 운이 좋아 문인들의 자리에 참석하게 되면 한마디씩 조언을 해주는데 듣는 말은 거의 비슷하다.

"자네도 이제 나이가 있으니, 부지런히 여기저기 원고를 팔고 다녀야 하네"라는 유의 말이다. 말하는 사람의 입장에서는 노파심에서 해주는 말이므로, 대부분의 경우 일단 "네. 그러겠습니다"라고 답하지만, 실상은 그저 묵묵히 쓰고 지낼 뿐이다. 앞으로 써야 할 시간과 원고가 산처럼 쌓여 있기 때문에, 사실상 나이라는 것은 그다지 중요하지 않고, 또 엄밀히 말하자면 징글징글할 정도로 나는 어리기 때문이다.

무슨 말이냐면, 일단 2012년 한국 남성의 평균 기대수명은 77세다. 당연한 말이지만, 나는 한국인이고, 남성이다(종종 중국인으로 오해받아서, 썼어요. 저 대한민국 시민권자예요). 어쨌든 앞으로 남에게 특별히 해를 가해 보복으로 어느 차디찬 뒷골목에서 둔기로 머리를 강타당하거나, 《달과 6펜스》의 영국작가 서머싯 몸처럼 스파이로 이중생활을 하지 않는 한, 아무래도 나는 77세 정도까지는 살 가능성이 농후하다.

우여곡절 끝에 작가라는 직업을 택했고, 운이 좋게 작가라는 직업으로 살 수 있게 되었으므로, 어찌됐든 간에 꾸준히 써야 한다. 그러나 77년이라는 시간이 내게 주어졌다면, 마지막 7년쯤은 느긋하게 소파에 기대 귤을 까먹으면서 지내고 싶으므로, 결국 70세까지는 부지런히 써야 한다는 결론이 나온다.

그렇다면 1년에 한 권씩만 쓴다고 가정해도 나는 은퇴를 할 때까지 35권의 책을 쓰게 되는 것이다. 그것이 소설이건, 에세이건, 잡문이건, 그런 건 중요치 않다. 무엇이든 써내려간다는 것이 중요하다. 예상했겠지만 나란 사람은 극도의 노력을 쏟아 원고를 버리고 버려 정제된 작품만을 발표하는 사람, 일 리가 전혀 없고, 힘 닿는 한 많이 써서 많이 발표하고, 많이 험담을 듣고, 많이 잊혀 결국 살아남은 작품만 간직하고자 하는 유형에 속한다. 그러므로 내 입장에선 매 작품마다 어떤 평가를 받을지 알 수 없기 때문에, 쓴 건 일단 발표를 하고 비난이든 격려든 어떤 말이라도 듣는 게 낫다(물론, 발표를 해줄 출판사가 있을 경우에 한해서다). 그렇게 생각하면 쓴다는 것은 참으로 아득한 일이다. 아직도 써야 할 것이 산처럼 쌓여 있기에, 매년 한두 권씩 써낸다면 그중에 몇 권쯤이야 반려당해 출판되지 않아도 무방하다는 게 내 생각이다. 실제로 작년 한 해 동안 소설집 한 권과 장편소설 두 권, 에세이 한 권, 총 네 권 분량의 원고를 썼지만, 아직 책으로 나온 것은 단 한 권도 없다. 처음엔 젊은 작가로서 꽤 조바심 나고 애타는 시간을 보냈지만, 70세까지 꾸준히 써야겠다고 생각을 하고 나니 '뭐, 몇 권은 그냥 노트북에 저장한 채 몇 년을 버텨도 괜찮겠군' 하고 여기고 말았다. 어차피 글을 쓴다는 것은 '내면을 정화하고 자아를 독대하는 시간을 보내는 것'이다. 그 시간 동안 힘

들기는 했지만, 스스로 치유받은 것만으로도 소중한 경험을 했다. 물론 이런 채로 십여 년을 버텨내기는 힘들겠지만, 그중에 몇 권만이라도 출판이 되고 그것이 최소한 노트북을 쓸 수 있는 전기료와 커피를 살 정도의 수익으로 이어진다면 그것만으로도 조촐하지만 의미 있는 성과라 생각한다. 어찌됐든, 그저께의 생일에 혼자서 방안에 앉아 이렇게 생각했다.

"그래. 칠십까지야. 지긋지긋하겠군. 앞으로 35권은 더 써야해. 거 참. 지겹도록 써야겠군."

그래서인지, 요즘은 왠지 느긋하게 노트북을 열고 하루를 시작한다.

*

하지만 모든 책이 출판이 안 되면 곤란하겠죠. 겨울이 춥다고요.

망원

부르스

올해 여름은 무척 덥다. 견딜 수 없을 정도다. 어느 정도냐면 발아래서 마그마가 부글부글 끓고 있고, 머리 위에 오존층 없이(이미 많이 뚫렸군요) 바로 태양열이 내리쬐고, 그나마 불어오는 바람도 거대한 헤어드라이어에서 뿜어져 나오는 것 같다. 가만히 있으면 머리가 지끈지끈거려서, 금세라도 '금고아'▪로 머리가 조여지는 손오공의 고통을 이해할 것 같다. 물론, 몸에서 땀도 많이 빠져나간다. 그러나 이런저런 원고마감들이 겹쳐 있기 때문에(네. 그사이 청탁이 조금 들어왔습니다), 기세 좋게 어

▪ 《서유기》에서 삼장법사가 손오공에게 씌운 머리띠로, 손오공이 악한 행동을 할 때마다 조여진다.

디 훌쩍 휴가를 떠나버릴 수도 없다. 그저 땀 흘리며 끙끙대며 원고를 쓸 뿐이다.

이대로 계속 지내다간 건강이 더욱 나빠져 장가도 못 가고 죽는 게 아닌가, 하는 위기감에 자전거를 타고 있다. 웬만해선 뛰겠지만, 정말이지 38도를 넘는 폭염에는 뛸 엄두가 나지 않았다. '마라톤 풀코스까지 완주한 사람인데!'라는 심정으로 한 번 뛰었는데, 그날은 머리가 핑핑 돌 정도로 어지러워, 길 가는 사람 누구라도 붙잡고 '여보시오……무, 물 좀……'이라고 할 뻔했다. 그 기분은 마치 누군가가 머릿속 나사를 왕창 뽑아간 것처럼 어지러웠다. 그래서 어쩔 수 없이 자전거를 타고 있다. 장소는 당연히 한강이다. 이제야 말하자면, 나는 마포구 망원동에 살고 있는데, 망원 유수지 입구의 한강 공원에 자주 간다. 달리러 가기도 하고, 자전거를 타러 가기도 하고, 산책을 하러 가기도 하고, 근처에 국수를 먹으러 가기도 한다. 어찌됐건 자전거를 타고 갔는데, 입구에서부터 꽤 깊은 사운드가 울려 퍼져 나왔다. 동네 아저씨 아주머니들이 마치 관광버스 안에서처럼 부르스(그렇다. 블루스가 아닌, 부르스)를 추고 있었고, 아이들은 '어쩌다 이런 데 끌려와서…'라는 표정으로 앉아 묵묵히 치킨 다리를 뜯고 있다. 공원 잔디에 설치된 무대 위에선 굉장한 사운드의 색소폰 연주가 울려 퍼지고 있었는데, 나의 게으른 관찰 결과 무대 구성은 이러했다.

1. 전자 드럼
2. 신시사이저
3. 색소폰

  누군가가 역사적인 록밴드는 항상 3인조라고 했는데, 역시나 망원동의 한강 부르스를 연출하고 있는 이들도 3인조 밴드였다. 나는 순간, 블루스의 황제 에릭 클랩튼이 활동했던 전설의 블루스 밴드 '크림' 역시 3인조 밴드였으며, 아울러 스팅의 '폴리스'와 '지미핸드릭스 익스피리언스' 역시 3인조였음을 상기했다. 물론 그들의 구성은 기타, 베이스, 드럼이었지만, 이른바 '망원 부르스' 밴드는 기타의 멜로디와 베이스의 저음을 신시사이저와 색소폰만으로도 요령 있게 슬쩍 처리해버렸다. 솜씨 좋은 활용력이었다. 'OO 음악 봉사단'이란 피켓을 건 이들은 3인조 중년 남성 밴드로서, 같은 색깔의 티셔츠까지 맞춰 입고 사회자까지 따로 두며 행사를 노련하게 이끌어갔다. 악장이라는 사람은 "제가 원래는 이런 거 안 하는 사람인데"라며, 매일 행사 진행하는 사람처럼 관객들의 춤과 박수를 유도했고, 중년 트로트 가수도 몸을 신나게 흔들며 노래를 불렀다. 중년의 관객들은 세월을 함께 이겨간다는 연대감 덕분인지, 동료의식 덕분인지 한손에는 치킨을, 다른 한손에는 친구의 손을 잡고서 몸을 돌려가며 부르스를 추고 있었다. 러닝셔츠 차림의 아저씨는 생활의 고난을 듬뿍 담은 자신의 배와 함께 돌고 있었다. 무대 위의 영상엔 이 모든 상황과 아무런 상관없이, 네덜란드 풍차가 돌아가고 있었다. 간혹 카네이션이 클로즈업되었고, 순식간에 터진 꽃봉오리에 벌이 앉기도 했고, 동해의 새벽바다가 태양을 토해내기도 했다.

나는, 자전거를 멈춰 세우고, 한참 동안 서 있었다.

비록 미지근했지만, 강을 타고 온 바람이 불어오고 있었고, 악장은 "제가 이런 말을 하는 사람은 아닌데…"라며 "자아아아아! 바아아아아아아아아아아악수~"라고 말을 했고, 물론 박수는 열대야가 달아날 만큼 터져 나왔고, 색소폰 연주자는 불룩한 볼에서 내는 바람으로 소리를 만들어내고 있었다. 그리고 나는 문득 생각했다.
'이 와중에도 지구는 돌고 있겠군.'
'이 와중에도 북극곰은 새 집을 찾아 떠나겠군.'
색소폰 소리는 계속 울려 퍼질 테고, 바람도 비록 미지근할

지라도 불어올 테고, 강물도 어딘가로 흘러갈 것이다. 시곗바늘은 멈추지 않고 돌아갈 것이고, 트로트 가수의 허리도 돌아갈 것이고, 이 사람들도 자기 자리로 돌아갈 것이다. 그리고 내일이면 다시 맥락과 관계없는 핀란드의 오로라가, 알래스카의 빙산이, 저 무대 위의 화면에 동해의 태양처럼 떠오를 것이다.

그리고 나는, 내가 선 자리에서 생각했다.

'그래, 에세이를 계속 써야겠어.'

꽈배기의

맛

책이 끝나는 마당이니, 이번에는 영업 비밀 하나 공개.

예전에 한 작가로부터 고백 아닌 고백을 들었다.
"아. 사실 형 글은 정말 막 쓴 것 같아요. 읽을 때는 부끄러운 마음이 들 정도로 아무렇게나 쓴 것 같아요. 읽을 때마다 '이런 글쯤이야 마음만 먹으면 얼마든지 쓸 수 있다. 그러나 내 예술적 자존심이 허락하지 않는다'고 생각했는데, 어느날 글이 하도 안 풀려서 '까짓거 최민석 식으로 맘대로 써보자'라고 했는데, 이상하게 한 문단도 안 써지는 거예요. 한두문장은 쓰겠는데, 문단을 넘기려니까 부끄럽고, 안 웃길 것 같고, 유치한 것 같고, 머릿속에 오만가지 생각이 나면서 도무지 안 써지는 거예요. 그때 생각했어요. '아, 이 형은 생각 이상으로 뻔뻔하거나, 미쳤거나, 둘 중 하나구나'라고 말이에요."

미안해서 어쩌나. 나는 딱히 뻔뻔하지도 않고(예전에는 그랬습니다. 죄송) 미치지도 않았다(당연한 말이다). 만나보면 꽤 이성적이고, 멀쩡해서 때론 독자들이 실망하기도 한다("아니, 왜 멀쩡한 거예요! 실망이에요"). 그런데, 왜 내 글을 읽고 이런 생각을 할까. 나는 그 이유를 아는데, 이를 위해선 잠깐 꽈배기를 주목할 필요가 있다.

달리 말할 필요도 없이, 꽈배기는 대단한 빵이 아니다. 길거리에는 팔지만, 수준 높은 호텔 제과점에는 팔지 않는다. 밀가루 반죽을 꼬아서 튀기고, 설탕을 쓱쓱 뿌리면 끝날 것 같은 단순한 빵이다. 먹을 때 버터나 잼이 필요하지도, 사이드 메뉴가 필요하지도 않다. 꽈배기 하나만 사서 길을 걸으며 우물우물거려도 좋고, 분식집 구석의 간이 의자에 앉아서 몇 번 씹다가 돈을 쓱 건네고 나가면 그만이다. 요컨대, 만만한 음식이다.

그런데, 막상 꽈배기를 튀겨 먹는 집은 없다. 내가 자란 집도 그랬고, 이때껏 방문한 집들도 모두 그랬다. 기름의 문제라면, 그것도 아니다. 돈가스는 튀겨 먹을지언정, 심지어 치킨도 튀길지언정 꽈배기는 튀기지 않는다. 위대한 파티셰들도 꽈배기를 튀기진 않는다. 그건 왜 그럴까. 쉬울 것 같은 꽈배기도 막상 튀겨보려면 막막해지기 때문이다. 반죽은 얼마만큼 쫀득해야 할지, 기름에 얼마나 담가돼야 할지, 설탕은 얼마만큼 뿌려야 할지, 그야말로 깜깜해진다. 남들이 하지 않는 것을 한다는 것은 실로 번거롭고, 암담한 것이다. 그래서 나는 이런저런 에세이를 몇 해간 쓰다가, 비로소 생각했다. '그래, 꽈배기 같은 에세이를 써야겠어.'

그렇다면, '꽈배기의 맛'이란 대체 무엇인가. 처음에는 설탕 맛과 겉은 바싹하고 속은 부드러운 맛으로 먹지만, 본질은 한 번 맛보고 나면 다음부터는 '무슨 맛인지 모르고 계속 먹게 된다'는 것이다. 어린 시절에 처음 꽈배기를 맛보면 '우와, 맛있다'라고 여기지만, 그때부터는 딱히 비판을 하거나, 딱히 건강 따위를 따져가지 않고, 그저 꽈배기가 눈에 띄면 '음, 꽈배기군' 하며 자연스레 사먹게 되는 것이다.

그러니까, 처음에는 재미있는 소재와 매력적인 문체가 어필할지는 모르겠지만, 마치 꽈배기처럼 어느 순간이 되면, '음. 꽈배기 에세이군' 하며 별 부담 없이, 만만하게 읽을 수 있도록 써내려 한다. 초고를 쓸 때는 뜨겁게 튀기듯 열정적으로 쓰지만, 식고 나면(즉, 초고를 써내고 나면) 적당량의 설탕만 뿌려 너무 달지 않게 하려 한다. 꽈배기에 설탕이 너무 많이 뿌려져 있으면 하나 더 먹고 싶은 마음이 사라지듯, 한 편의 글 속에 너무 직설적인 표현과 공격적인 유머가 담겨 있으면 다음 글을 읽고 싶지 않아진다. 그래서 퇴고를 할 때 오히려 설탕을 좀 덜어내는 식이다. 꽈배기를 하나 더 먹고 싶은 마음이 들게 하듯, 다음 글을 하나 더 읽고 싶게 하도록.

별 부담 없이 정해놓은 규칙과 선을 넘지 않으며, 꾸준히 쓴다. 그리고 지나치게 달달하거나 느끼하지 않게, 그러나 적당한 기름맛과 설탕 맛이 배게 쓴다. 내 경우 이런 집의 꽈배기는 길을 걷다 마주치면 언제나 반사적으로 '음. 꽈배기군' 하며 사먹는다. 독자들도 서점을 걷다가 내 책을 보면 '음. 꽈배기 에세이군' 하며 집어들길 바라며 말이다.

*

영업 기밀을 하나 누설하니 옷을 하나 벗은 느낌이다. 그래
도 사람들은 직접 꽈배기를 튀겨 먹지 않기 때문에 하는 말
이다.

쌓여가는 헛소리
― 후기를 대신하여

뭐, 이렇게 끝나버리고 말았습니다.

갑자기 이야기가 뚝 끊겨버려 아쉬운 분들도 있을 테고, 뭐, 원래 이야기가 있었나, 하시는 분들도 있을 겁니다. 저는 둘 다 맞다고 생각합니다.

먼저, 갑자기 뚝 끊겨버렸다고 여기는 분들께 말씀드리자면, 인생은 이런 식으로 줄곧 흘러가는 것 같습니다. 누구나 죽지 만, 매일 죽어간다는 것을 실감하며 살아간다는 것은 쉽지 않은 일입니다. '어허, 오늘도 하루치만큼 죽었군. 거. 잘 죽었어야 할 텐데 말이야'라고 하는 독자가 계신다면 죄송하지만, 저에게는 아무리 죽음을 대비한다고 해도 '인생은 누구에게나 갑자기 끝나버리는 것'으로 여겨집니다. 굳이 갑작스런 사고, 갑작스런 추락, 갑작스런 이별을 언급 않더라도, 누구에게나 이대로 끝나버려서는 안 된다는 나름의 아쉬움이 있을 거라 생각합니다. 그렇기에 사실 저는 이런 식의 서두른 엔딩을 상당히 좋아합니다. 그게 우리가 발을 붙이고 사는 현실과 맞닿아 있다고 생각합니다.

다음으로, 뭐, 원래 이야기가 있었나, 라고 생각하신 분들께 말씀드리겠습니다. 저는 이런 방식 또한 상당히 좋아합니다. 우리가 사는 삶의 이야기들이 사실은 자질구레한 일상들의 조합이기 때문입니다. 그렇기에 제가 소설이나 영화보다 일상적인 에세이를 더 좋아하는 것일지도 모르겠습니다. 일상에서 우리는 제임스 본드도, 브루스 웨인도, 셜록 홈즈도 아니기에, 삶에서 일어나는 '그저 아무렇지도 않은 이야기'들이 우리들의 진짜 이야기라 생각합니다. 그렇기에 만약 '아니, 뭐 이런 이야기로 책 한 권을…'이란 감정을 느끼셨다면, 제 의도대로 충분히 읽어주신 겁니다. 무척 감사드립니다.

사실 저는 외로움을 달래기 위해 글을 썼습니다. 에세이를 제일 처음에 쓸 때는 '음. 틈이 나는 대로 한 편씩 써둬야지…'라고 생각했는데, 틈이 나는 정도가 아니라, 생활이 틈 자체가 돼버렸습니다. 그래서 어쩔 수 없이 꾸준히 쓸 수밖에 없었습니다. 저의 외로움을 달랜 결과물이 여러분의 외로움도 달래주었으면 좋겠습니다.

만약 신과 독자들이 허락해준다면, 이 에세이 시리즈는 여러분과 함께 늙어갈 것입니다. 제목이 어떤 식으로 될는지는 저도 모르겠습니다. 갑자기 어디선가 "이따위 B급 에세이는 참을 수 없다!"는 독자의 테러만 없다면, 몇 년에 한 번씩은 이런 형태로 꾸준히 찾아갈 생각입니다.

네. 세상 한구석에 헛소리가 계속 쌓여갈 예정입니다.

꽈배기의 맛

2017년 10월 28일 초판 1쇄 발행
2024년 7월 1일 초판 3쇄 발행

지은이 최민석
펴낸이 김은경
펴낸곳 ㈜북스톤
주소 서울특별시 성동구 성수이로7길 30, 2층
대표전화 02-6463-7000
팩스 02-6499-1706
이메일 info@book-stone.co.kr
출판등록 2015년 1월 2일 제 2018-000078호

ISBN 979-11-87289-24-1 (04810)
979-11-87289-23-4 (SET)

북스톤은 세상에 오래 남는 책을 만들고자 합니다. 이에 동참을 원하는 독자 여러분의 아이디어와 원고를 기다리고
있습니다. 책으로 엮기를 원하는 기획이나 원고가 있으신 분은 연락처와 함께 이메일 info@book-stone.co.kr로 보
내주세요. 돌에 새기듯, 오래 남는 지혜를 전하는 데 힘쓰겠습니다.